謝鑫佑 著

百耳袋

獻給這些年陪伴著我的這些故事，與那些人。

目次

波波

百耳袋

周六晚上吃過飯，弟弟在房間把參加科展的資料重新確認一次。

國小四年級上半學期開始前，弟弟衝動之下報名學校科展比賽；這不是弟弟第一次參加科展，但也許是最後一次，因為每當弟弟回想起去年與同班同學一起參加科展落敗的情況，就讓他下定決心復仇雪恥，而且弟弟咬牙告訴自己要一個人完成這次的科展。

無論校內校外，大多數的科展都是由幾位好友組隊報名參加，弟弟之所以決定一人參賽，原因無他，全託同班同學的福，去年科展比賽才會落得連佳作都沒有。

弟弟仔細回想，對生物、自然興趣滿滿的弟弟來說，去年自己第一次參加科展的「綠豆成長與溫度關係」實驗，原可以一路過關斬將，順利摘下前三名次，但就在雙十國慶及周末連休的假期裏，卻不幸被豬隊友搞砸。

周末休假前，綠豆實驗的另一成員自告奮勇將一直放在教室後頭的綠豆培養皿帶回家照料，周一帶來學校正好交件參加科展。

想到同學能帶回家幫忙澆水，弟弟當時心中感到綠豆同學的貼心，也在周五下午第二堂課休息時間，花了自己一周的零用錢請綠豆同學吃最貴的杜老爺雪糕，弟弟覺得很值得，畢竟換來的是雙十國慶與周末連續三天的自由時光。

周一一早弟弟滿心期待到校，等著綠豆同學抱來六盒培養皿一起至科展報名教室登記。祇是左等右等，綠豆同學一直到第一堂課結束仍不見身影。一整天弟弟就這樣望著綠豆同學空蕩蕩的座位心神不寧，明明約好周一將綠豆抱到學校報名科展，為甚麼綠豆同學沒來上課也不事前說一聲？一直到放學鐘響，弟弟火速背起包包趕往綠豆同學家中，才知道六盒綠豆培養皿在周末全因為綠豆同學求好心切的照料下，澆水過多，全部發黴死亡。

綠豆同學也因為這樣，周一謊報病假不敢上學。

弟弟看著六盒長著烏漆抹黑黴菌的培養皿，頓時明白這次科展與自己無緣了，別說得獎，連報名都有困難。

回想三天前還活潑健康的綠豆芽一根根在培養皿中向上茁壯成長，如今成了黴菌的養分，除了為綠豆感到痛心，更為周五一盒四十五元的杜老爺雪糕感到不值得。祇是事到如今，弟弟除了長聲歎氣轉身回家外，啥也不能做，他總不能對綠豆同學說：「你吃了雪糕卻沒顧好綠豆，這些發黴的玩意兒你就一併吞下肚罷。」

就這樣，四年級的科展弟弟獨自報名，沒有甚麼綠豆同學、雪糕同學的干擾，若無意外，弟弟有信心能奪下前三名，因為這次他的科展題目是「微生物對生物情緒影響」。

「姊，姊，」弟弟抱著科展的海報輕敲隔壁姊姊臥房門，「你幫我看這個好不好。」

雖然弟弟知道姊姊可能相應不理，但還是硬著頭又敲了敲門。姊姊房間裏的搖滾樂節奏鼓聲持續穩定，碰、碰、碰，震得房門微微發麻。

二十歲的姊姊今年大學二年級，這對相差十歲的弟弟來說，是遙不可及、無從理解的年齡，好幾次弟弟上洗手間經過姊姊房門，聽見震撼鼓聲的搖滾樂囂鬧節拍傳出房門，總在心中困惑，為何父母親這麼晚才將自己生出來？大他十歲的姊姊像另一星球的人種，許多行為不僅弟弟無從理解，更經常不知該如何面對這個已經算半個女人的姊姊，尤其每次姊姊看他的表情，就像客人從寵物店玻璃櫥窗外盯瞧剛出生躺在櫃中噫噫嗚嗚鬼叫的小狗一般，充滿憐憫與些許厭惡，他受不了這種神情，怎麼說自己也是她的弟弟啊，不是全身溼答答在箱子裏蠕動爬行的小狗。

「姊，我明天要報名科展，你幫我看……」

話還沒說完，姊姊房門咻地打開。

姊姊銳利憐憫、帶著點同情厭惡的目光一如往常直射過來，就像看寵物店櫥窗中的小狗一樣的眼神。

姊姊不發一語，左手扶著門把，右手一橫，扯過弟弟的科展海報，用極為冷漠的目光快速由上而下掃視。弟弟皺了皺眉頭，癟著嘴不敢有任何動作，或是任何言語，深怕姊姊突然不爽一把撕爛他辛苦幾個月的科展作品。

難得打開的姊姊房門一直是弟弟最好奇的神祕禁地，雖然姊姊之前僅在餐桌上宣布一次關於閨房禁止進入的政令，但因她嚴酷冰冷的嘴臉，嚇得全家無不嚴格遵守，特別是總想進她房間打掃的媽媽，更被姊姊狠狠撂下重話：「別讓我說第二次。」

弟弟趁姊姊品鑑科展海報，張大眼把握機會好奇張望她神祕的房間。

一整個牆面的海報中，搖滾歌手們整齊地望著站在門口不敢動彈的弟弟。靠在書桌邊，是與海報中歌星們手上吉他相同的樂器，幽幽反射屋內昏黃燈光，神聖不可侵犯得像《中華小廚師》中傳說中的廚具，閃閃發亮。

桌上幾本攤開的書，每本都有弟弟半個巴掌厚，好像早餐店的厚片土司，又硬又難嚼，密密麻麻的文字，像要滿溢出來一般，在姊姊的書桌上吵鬧著。而沒有攤開的書本，從書名上看去，個個都是極其難懂的內容，甚麼《文藝青年之必要》、《叛逆左派》、《搖滾樂與馬克思》。弟弟吐吐舌頭，心想姊姊不苟言笑、極度冷漠多半是因為這些書的影響罷。

比起同學們描述自家姊姊的溫柔體貼，弟弟總覺得這樣的姊姊還不如沒有，畢竟這個與他相差十歲，個性迥異，沒有任何相同興趣的姊姊，唯一相似大概祇有短翹髮型及瘦小身材，而一直到二十歲仍遲遲未發育的扁平胸部，也讓他難將姊姊與女人味聯想在一起。

姊姊像窺知他腦袋正想的事，目光迅速離開海報，直狠狠地射向弟弟，然後將海報往他身上一推，碰地關上房門，震耳欲聾的搖滾樂瞬間恢復悶在房內的黯黯節奏聲。

「甚麼嘛，也不講評一下，早知道就不拿給你看。」雖然弟弟早有心理準備，絕少開口的姊姊不太可能對科展作品提供意見，但他還是皺了眉，吐長舌頭，忿忿回房。

放寒假前一個月的周五黃昏，媽媽照舊在廚房忙著準備「小周末大餐」，那是媽媽不知從何時開始的習慣，每周五一定煮豐盛的晚餐讓全家飽餐一頓，特別是周五的菜色一定有爸爸愛吃的薄鹽醬燒半天筍、姊姊最愛的水果沙拉、弟弟最喜歡的豆豉蒸石斑，以及媽媽自己總念念不忘的花椒紅油煨雞，媽媽對這個家的使命感，讓每個周五總破例能見到滿桌豐盛精美的佳餚。

這可不是天天可見的盛況，因為要傳統保守又堅守節儉美德的媽媽，每天如此大費周章準備價格不斐的晚餐，恐怕祇會遭到一頓喝斥：「你們爸爸每天辛苦賺錢養你們，不要成天祇會吵著吃，祇有豬才會成天想吃好料，要知道賺錢不容易。」

頂著一頭中年過後一定會出現在婦人頭上的電捲髮，媽媽壯碩的身材沿著冰箱緩緩蹲下翻找食材，像要把衣服繃裂一般，臃腫的腰間肉輪廓清楚地向外擴張，弟弟回想自幼稚園開始，媽媽遺傳北方血統的高壯體型便開始橫向發展，像吹氣球般，三年多前正式進化成一顆會煮飯、洗衣、整理家務的瓦斯桶。

祇是媽媽的五官臉蛋並無太大變化，仍與主臥室牆頭的新婚照上一模一樣。

跟爸爸結婚已經二十一年的她，每次飯桌上聊及過去與爸爸的情史、初中時期暗戀的男老師、這個月的水電費帳單，媽媽還是會垂縮下巴，在短短五秒鐘內由脖子往額頂漲紅了臉，靦腆的笑容像被電視上廣告用來抽氣真空保存冬天棉被的真空收納袋，裏頭依舊是青澀少女，但因擠壓，而變得大了點、扁了點。

弟弟一邊望著媽媽翻找冰箱食材，一邊想起半年前在臥室瞧見媽媽也用同樣的蹲姿，在衣櫃最底層翻看年代久遠的衣物。那是一件紅得像寶石的緊身晚宴服，樣式就像旗袍般貼身，窄窄的肩、緊緊的腰、長長的裙。

記憶中媽媽婚後留下這件禮服未賣，一直收在衣櫃最裏頭，不曾再拿出來過，弟弟對這件禮服的印象，也是來自厚厚的婚紗相簿。

媽媽自衣箱中拿起禮服像檢查甚麼，前後仔細翻看，豔紅色禮服上繡的水鑽亮片頓時映著寢室頂燈，像黃昏的溪河閃閃動人。

「可惜都穿不下了。」

突然媽媽像要抹除腦中一閃而逝的青春記憶，搖著頭，將禮服粗略地疊鋪回箱中。左手一邊揉著腰背，一邊用右手撿起箱裏另一件弟弟同樣未曾見過的寶貝，那是一條莫約十五公分的金耳環。

金耳環像雨後樹間的蛛絲，晶瑩剔透在媽媽手指捏著搖晃時一眨一眨成串閃著。長短不同三條細鍊同絞於一個鉤上，若是戴上耳，耳環長度肯定觸到肩膀。

弟弟綜合了剛剛無袖禮服，與這對金耳環，很難想像這些屬於眼前盤踞於衣櫃前的瓦斯桶的，那理應是某個身材玲瓏有致的美女，用來襯托完美身形的，畢竟誰都沒聽過哪一個瓦斯桶出貨前還需要裝扮。

「有人說啊，女人結了婚就等於放棄一切，沒想到我以前這麼瘦，唉，全都變了，以前走在路上可是許多男人注目的焦點呢。」媽媽自言自語後，雙頰泛起一片嬌羞的粉紅。

弟弟遠遠看著媽媽一件件把玩過去的衣飾，有那麼一瞬間，弟弟好像看到年輕時的媽媽，青春洋溢、美麗動人，重點是身材苗條。

「唉，這些年為了這個家……」她歎了口氣，將擺了一床的舊衣物慢慢收回箱子，最後又拿起那兩串金絲耳環對著衣櫥鏡子擺弄姿勢照了一會兒。

這大概是頭一回弟弟聽到媽媽的心聲，雖然學校老師不厭其煩地告訴大家母親的偉大，但見媽媽對現在生活頗有怨言，更能感受她為這個家勞心勞力付出了龐大的代價。

「發呆啊，還不去做功課，你爸等等回來就吃飯了，」媽媽注意到在餐桌邊望著自己的弟弟，「你跟你姊都一個樣，不知道在想甚麼，你是整天發呆，你姊是搞自閉。不要一直盯著我看，去看書。」

切絲的半天筍倒進油鍋中，滋滋作響，冒起一陣白煙，媽媽提高音量吼著，「要有出息，出息懂不懂？你的科展弄得怎麼樣了？」

弟弟驚訝聽著媽媽像另一台抽油煙機發出高音，中氣十足的嗓門讓原本轟轟作響的抽油煙機噪音瞬間變成小貓叫，接下來一連串是弟弟已經聽了十年的陳腔濫調，不外乎要用功、要好好念書，媽媽似乎並未想知道關於科展的事，「你們爸爸工作忙，自己要好自為之，現在不好好念書，以後沒出息，沒出息懂不懂？」

姊姊不知甚麼時候站在弟弟身後，無聲無息看著媽媽數落弟弟的表情，就像路上見到陌生母子對話一般，當弟弟回頭發現時，姊姊已經轉身又回房間。

「喂，喂，你姊幹麼又走回去？準備吃飯了啊，客廳有刺是不是？」就在媽媽起了頭準備一連串有關姊姊的砲轟同時，大門打開了。

「去幫你爸拿東西，傻頭傻腦的，都念到四年級了，還這麼不懂事。」媽媽一邊朝房間大喊姊姊吃飯，一邊關掉抽油煙機，少了抽油煙機的轟轟聲響，媽媽的女高音像核彈試爆，自廚房炸了開來。

爸爸側著身進屋，右手一如往常提著公事包，左手卻抱著三十公分長大小的鞋盒，小心翼翼深怕撞壞鞋盒一般閃過玄關的五斗櫃，像教會做禮拜負責捧水晶杯聖水的兒童，萬分驚恐虔誠地將鞋盒安置於餐桌上。

「這甚麼？」弟弟第一個靠近鞋盒，伸手想打開。

「我半路撿到的，來來，你們看。」

爸爸倉促脫掉西裝外套，捲起袖子，興奮得像聖誕節一早急著拆禮物的孩子。弟弟雙眼緊盯紙箱，同時瞧了一下神色行為與過去截然不同的父親。

如果要用一個成語形容爸爸，弟弟最快能想到的就是「按表操課」。爸爸每天早上大約六點半起床，帶著媽媽幫他準備的草莓夾花生醬土司，準時七點半出門上班，晚上六點四十五分前回家，一邊看著財經雜誌一邊與全家人共進晚餐。吃過飯，爸爸會到客廳看政論節目，與一般中年人邊看邊罵不同，爸爸總靜靜收看，遙控器轉來轉去都是類似頻道，弟弟與媽媽絕不可能改變電視播放的內容，因此甚麼《海綿寶寶》、《娘家》，在爸爸專心一意緊盯電視、緊握遙控器的每個夜晚，是完全不可能出現在家中電視上的。

看完電視大約十一點，爸爸便洗澡上床睡覺。日復一日，就像報時咕咕鐘一樣整點準時打開小窗，繞出三隻木雕彩繪斑鳩，沿著相同軌道，搭配相同音樂，以相同方式旋轉，最後再繞進小窗中，絕不失誤。爸爸也一樣，每天好像定時機器人，所有活動是早已寫妥的程式，時間到了便自行運作。

搭配晚餐的雜誌、晚餐後的電視，爸爸在家中給弟弟的感覺與寄住民宿的陌生客人沒兩樣，餐桌上或飯後客廳，永遠是媽媽聊市場菜販林嬸剛滿三個月小孫子的生活細瑣，或麵鋪王老闆買大樂透數年來永遠沒進步的揁龜心得，每一個話題一結束，目光不離雜誌或電視的爸爸便會精準接上「嗯」的一聲，而媽媽也會在「嗯」之後精準接上後續話題。

最令弟弟吃驚的是，有時媽媽昨天說過的話題，今天重複講，爸爸也會發出音調與昨日相同的「嗯」來呼應，這樣詭異的場景，好幾次弟弟回想起來，就好像電影播放跳針，一直重複相同的畫面，加上在家中極少說話的姊姊似乎永遠呈現低頭默默扒飯的姿勢，因此，除了桌上菜色、各人服裝不同外，所有行為都像在重複昨天發生過的一切，令人毛骨悚然。

大約國小三年級下學期開始，弟弟對爸爸有了新的成語註解就是「視同陌路」，會有這個發現，全拜老師出了作文題目「我的父親」所賜，一小時的作文課，弟弟完全不知如何下筆，在許多家庭中挑起所有責任的一家之主，對弟弟來說幾乎是完全空白，若硬要寫，大約兩行就能把爸爸描述完。

就在差點要把筆頭咬爛的同時，弟弟決定憑想像力完成這篇作文，內容當然不外乎哥哥爸爸真偉大一類，最後老師甚至還推舉為全班優秀作文第二名呢。

眼前這個長久以來幾近透明、毫無情緒的爸爸，如今卻興奮莫名地盯著鞋盒，臉上出現弟弟完全陌生的期待神情與驕傲笑容，對弟弟而言自他懂事以來觀看父親的感覺，一直像站在巨大魚缸前看著無聲緩慢游移的魚群，隔著一片又厚又重的玻璃，以及一池具有消音功能的水，冰冷且遙遠；而裏頭的魚感覺上更是與外界隔絕，全然不知道魚缸外頭正有人觀看著。

「來來，這是我半路撿到的，你們猜是甚麼？」

弟弟雙手撐著餐桌盯看印有Nike字樣的藍黑色鞋盒，爸爸一副主持人張小燕在《百萬小學堂》上準備公布解答地誇張聳著眉毛。

「哎喲，要吃飯了，還把鞋盒拿上來，很髒耶，」媽媽手套裏捧著熱湯，神情專注小碎步朝餐桌移動，「先拿下去，吃完飯再看。」

話雖這樣說，但媽媽還是用眼角餘光瞄了一眼鞋盒。

任誰也難以抗拒鞋盒的吸引力，雖然它的外觀與一般鞋盒沒甚麼兩樣，但像深怕在回家路程中打開一般，四周被用咖啡色封箱膠帶仔細捆綁，破舊不堪的藍黑色鞋盒，充滿了異樣的氣氛。

最靠近鞋盒的弟弟深深覺得這個玩意兒不單純。

剛從房間走出來的姊姊站在冰箱旁邊，神情冷漠看著餐桌邊圍繞的家人。

相較於爸爸給人一種近乎不存在的感覺，姊姊自弟弟幼年就給他一種充滿敵意的憤恨感，雖然弟弟不知道是否與姊姊老是聽砰砰作響的音樂有關，那種充滿金屬敲打、大聲吼叫的音樂有時從姊姊房門前經過，都能感覺似乎夾帶著姊姊對所有事情的不滿與怨恨，一併從房裏向外膨脹爆炸，連地板都會微微震動。

而那種怨怒與仇視，從姊姊雙目發射出來，似乎不是傳統滾燙沸騰如火焰一般的情況，反倒像是北極嚴酷極寒，宛如冰雪；加上姊姊極瘦的身子，走起路來輕飄飄，無聲無息來到身邊，往往讓全家大小受到不少驚嚇。爸爸是第一個免疫的人，弟弟猜想，大概是因為祇有財經雜誌、政論節目能進入爸爸的視線範圍，其餘事物，應該全部一律被隔絕在外，畢竟爸爸有像水族箱一樣厚重玻璃的高級防護。

至於媽媽則是用她機關槍轟炸式的火力，將姊姊冷若冰霜的傲骨打得片甲不留，但可別小看姊姊冷酷幽怨的功力，這幾年弟弟發現，媽媽的槍彈已經愈來愈打不穿姊姊的冰牆，往往子彈到姊姊面前，便已經被凝結不得動彈了，就像電影《驚奇四超人》裏頭銀色衝浪手的特效一樣，壞人發射的武器才剛靠近，便讓零下低溫快速結凍；而且姊姊那招無聲無息瞬間移動大法，雖然沒有銀色衝浪手揮掌咻咻凝結道路冰上滑行的美妙動感，但弟弟深深覺得姊姊不見移動過程，直接神不知鬼不覺地突然冒出，可比銀色衝浪手高竿太多了。

就這樣，一直到現在，弟弟三不五時還是會被姊姊嚇一跳，往往驚見姊姊像背後靈突然出現在身後，弟弟總會心驚膽跳地輕按胸口，喘著氣想，何時才能對姊姊這樣神出鬼沒的行蹤免疫，不再驚嚇？

媽媽放下湯鍋後，深知不可能打消爸爸先看鞋盒再吃飯的情勢，索性關了抽油煙機後也湊近餐桌邊。

「這是甚麼？你哪邊撿的？」媽媽花不到兩秒脫下圍裙，「別猜了，直接打開啊，看起來好像有甚麼東西在裏頭，是不是啊？弟弟你說是甚麼？」

弟弟聳聳肩，正要說話，媽媽又把話搶回去。

「爸爸你就一路抱著這個鞋盒回家喔？路人一定覺得很奇怪，怎麼有人穿著西裝抱一個破破爛爛的鞋盒在路上走。」

爸爸用一種「婦人家懂甚麼」的表情瞪了媽媽一眼。

「我是用捧的，一路捧回來的。你們趕快猜是甚麼。」

「鞋子。」弟弟大聲回答。

「鞋盒不放鞋子放甚麼？爸爸會這樣問，表示裏頭一定不是鞋子啊，連這一點都不曉得，用點頭腦嘛，用頭腦知不知道？」媽媽連珠炮地搶道，「路上撿來，路上能撿到甚麼？鞋盒又不大，又用膠帶纏這麼緊，好像怕掉出來似的，啊，我知道，我知道，是錢對不對？一盒現金，有人的現金用這個盒子裝著，掉在半路被你撿到了。」

爸爸挑著眉，表情神祕帶點自豪，對媽媽微笑搖頭，「不對，姊姊猜一猜。」

頭一次見爸爸如此興奮，講這麼多話，從下班進門到現在說話的份量，大約是過去爸爸一年的額度，弟弟感到萬分不解；而更令他驚訝的是，這大概是他懂事以來，第一次見到爸爸主動與姊姊說話，以前兩個人就像水族魚類與冰山雪女，根本不可能有任何交集，或者說，家中除了弟弟，沒人敢主動與姊姊說話。

「來啊，姊姊猜猜看是甚麼？」

祇見靠在冰箱旁的姊姊用以前看弟弟，像盯瞧玻璃櫥窗中搖尾乞憐小狗的眼神，望著圍繞餐桌的三個親人，祇是這次像看著舞台上圍著紙箱，卻忘了下一個表演項目而不知所措的三隻猴子。

這樣的凝視大約維持六、七秒，屋內的空氣凝結了，連牆上掛鐘原有清晰可聞的秒針行走恰恰聲，也不知道何時消失，爸爸、媽媽、弟弟像電影定格一般，在餐桌這頭一齊望向冰箱那頭，而姊姊則好像立在原地，聚精會神，運氣發功的武林高手，在無聲之間，與爸爸、媽媽、弟弟三人比拚內力，無形中已接招拆招數百回。

這六、七秒讓弟弟感覺似乎有一整個世紀這麼長，絕對安靜的屋內，似乎連剛上桌的滾燙雞湯的冒泡破裂聲，都能一清二楚地聽見。

就在弟弟右耳開始出現類似耳鳴的嗡嗡聲時，眼前站在冰箱一旁的姊姊做了一個彷彿會說話的表情。

以前弟弟就一直覺得這個世界上，再也沒有人比姊姊更擅長用表情說話了，雖然在學校也看過不少同學用表情傳達某些情緒，例如睜大眼睛、嘴巴微張，表現驚訝的「這怎麼可能」；或歪嘴抿唇、微翻白眼的「拜託喔，你連這都不知道」；或是稍微傾斜頭、雙肩向上聳兩下代表「我不知道，你問錯人了」，但除了姊姊，弟弟從未見過能以極為簡單，甚至沒甚麼動作，不需聳肩挑眉、不需噘嘴皺鼻，便精確傳達極為複雜情緒、語言的人。

如果姊姊去拍電影，肯定能輕輕鬆鬆拿下金馬獎或是奧斯卡最佳女主角，弟弟如此深信著，也不用擔心外國電影英文台詞不夠流利的問題，基本上，啞巴這種在劇本中連台詞不用的角色，最能充分展現姊姊運用表情說話的天賦。

都怪爸爸向最不適合的人提問，大家又不是第一天生活在同一個屋簷下，姊姊全然不言不語的個性誰不知道？偏偏周五這個晚上，爸爸不知哪根筋不對勁，原本自己也甚少開口，這夜居然興致盎然、神色興奮，甚至還主動向姊姊攀談。弟弟覺得這一切都怪透了。

就在圍繞著餐桌的爸爸、媽媽、弟弟被姊姊身周營造的急凍氣氛結凍六、七秒，大夥兒都不知道該如何時，姊姊做了一個意涵豐富、內容複雜的表情，讓大家得以解除定格的姿勢。

那個表面上看起來完全沒有任何動作、沒有任何變化的表情說：「你們無聊透頂的三個人，如果還不離開那個鞋盒開飯，我就一腳踏爛那個破盒子，管裏頭放了啥，不要問我，也不要惹我發火。」

就這樣，雖然這個表情乍看之下，與幾分鐘前她幽幽現身在冰箱旁的表情並沒有兩樣，但不知為何，在爸爸提問完，大家結凍六、七秒後，一串類似來自幽暗冰寒冥界的警告，便自姊姊毫無表情的面容中，清楚而且精確地傳達給圍繞鞋盒的三人。

姊姊似乎在等每個人都收到她無語的告誡，稍停三秒後，她緩緩轉身走向煮飯電鍋的櫥櫃。就在這個時候，鞋盒輕微地自己動了。

媽媽發出拔弄微波爐插頭被電到時的怪叫。

「盒子在動，爸爸，盒子剛剛動了耶，弟弟你有沒有看到？啊，有沒有看到，它剛剛動了一下，我沒碰它喔，大家都沒碰對不對？它自己動了，輕輕動一下，爸爸你有看到麼？」

在剛剛三人六眼與姊姊雙目對峙的最後、姊姊一轉身的同時，鞋盒真的動了，爸爸、媽媽、弟弟的眼角餘光都看見，衹是弟弟來不及喊聲，便讓媽媽的怪叫壓制住內心突發的驚訝。

「哈。」爸爸抖著眉，得意地笑了一聲，好像鞋盒讓大家受到驚嚇讓他很自豪。

姊姊也因媽媽的怪叫停下腳步，轉過頭用與剛剛一模一樣的表情表示：「甚麼東西啊，大家還是要圍著那個該死的破鞋盒是不是？這頓飯大家是打算十點才開始吃是不是？會動有甚麼了不起？我等等就讓它永遠不能動。幼稚到極點了。」

弟弟快速將瞧著姊姊的目光移回紙盒上，深怕錯過下一次移動。

一旁大聲喘氣的媽媽雙手揪著領口，一邊念著「南無阿彌陀佛、南無觀世音菩薩」，兩眼緊盯鞋盒，似乎要證實自己剛剛祇是眼花，但同時更期待鞋盒再一次移動，那種又怕又愛的心情，讓媽媽的臉慢慢漲紅起來。

「那我要揭曉囉，嘿嘿，大家歡迎，」爸爸一邊拉長音大聲宣布，一邊用手撕去封箱膠帶，「大家歡迎，新成員，波波。」

鞋盒打開，一隻體積比天竺鼠還大些、渾身毛色五彩斑斕的老鼠蹲坐盒中。

「老鼠？」

「波波？」

弟弟與媽媽同時發出驚呼，一併往身後彈開。

擺著用炸過的九層塔陪襯的胡椒蝦、用砂鍋盛裝的紅酒蘿蔔燉牛腩、蔥絲清蒸破布子石斑、薄鹽炒半天筍、蘋果丁佐柳橙檸檬薄片沙拉，及以巴西蘑菇熬了四小時的香嫩雞湯，現在全與一隻比巴掌還大的老鼠同放在餐桌上。媽媽精心籌劃一周、苦心準備一下午的小周末大餐，頓時引不起任何人的食欲。

而且鞋盒打開的那一剎那，老鼠身上特有的水溝味道，夾雜了廚餘餿水的油耗味，撲鼻而來，瞬時掩蓋過原先屋內飄逸的蘑菇雞湯香氣，而且令人訝異的是，那一股老鼠味中，還混雜了濃烈的檀香味，就像台灣廟宇香火鼎盛、焚煙繚繞的線香氣味，濃得化不開。祇是原先應該讓人感到心情平靜的檀香氣味，也許這一刻因為混合了水溝餿水味，加上屋內媽媽各種菜餚的香味，八、九種味道交雜在一塊兒，讓弟弟作嘔。

「拿下去，拿下去啊，爸爸你怎麼撿了隻老鼠回來？牠……」

「叫牠波波。」

爸爸用極具威嚴的語調說著「波波」兩個字，似乎相當介意大家怎麼稱呼那隻老鼠。

「呃，你怎麼撿了，呃，波波……回家？哪邊撿到的？我們先吃飯好不好？先讓……呃，波波下去，牠離菜太近了。」媽媽似乎深怕再看老鼠一眼，扭足脖子將全糾結在一起的五官朝向櫃子，瓦斯桶一般的穩重臀部緊靠著流理台，用發顫的手指遠遠指著老鼠，近乎哀求地抖著聲音說話。

「波波牠很可愛啊，你不覺得麼？弟弟你不覺得牠可愛麼？」爸爸一改剛剛嚴肅口吻，突然用一種溫柔呵護的語調問道。

弟弟打了一個哆嗦，因為他不曾聽過爸爸用如此輕柔的聲音說話，感覺非常怪異，而且臨時被點名回答問題的驚嚇感，一瞬間讓他腦裏一片空白，完全不知該如何是好。弟弟自剛剛便一直緊盯著鞋盒中老鼠的雙眼，這下子更不敢離開，也許這樣的行為可以代替言語回答爸爸關於老鼠是否可愛這個問題。

老鼠大概是所有四腳動物中，唯一讓人分不清站或坐的動物，牠們肥大的身軀蓋住有如小兒痲痺患者一般的細小四肢，除了行走移動可以判別外，站著或坐下對牠們來說似乎是相同的事。

靜靜蹲坐在鞋盒中的老鼠，並未像多數被關在籠子內的動物會有的原地打轉的反應，牠也沒有企圖脫逃的意思，祇是靜靜蹲坐於鞋盒正中央。

老鼠的外型與一般會在骯髒廚房、暗夜巷弄看見的家鼠幾乎完全相同，尖尖的鼻子、黑黑的眼珠、肥胖的身軀，加上嗅聞時輕微抖動的長鬍鬚；但讓弟弟感到不尋常的是，爸爸帶回來這隻老鼠，體積比一般家鼠更大，成人一個巴掌恐怕也捧不住牠，並且擁有一身五彩斑斕的毛色，異常美麗。

晶亮紫、寶石紅、翡翠綠、礦金黃、珍珠黑，老鼠身上的色澤神祕又詭異，弟弟看得出神，那些千變萬化的顏色一秒鐘也不肯安分，隨時改變著，由紫轉紅，再由紅潛為黑，每種顏色像漆染在金光熠熠的礦石上，四周光線些微變化，都讓毛披上的顏色展現千萬種瑰麗絕美的流動。

弟弟看傻了眼，心中一股暖烘烘的舒適感油然而生。比對腦海中閱讀過的生物圖鑑，哪有一種生物能像牠這般美麗？沒有，絕對沒有。

靜靜蹲坐的老鼠像在思考一般，骨里骨碌轉著黑漆漆的小眼珠，鼻旁的長鬚用古代皇帝身後輕搖羽扇的速度緩緩撥動著，弟弟又打了一個哆嗦，這一切太詭異了：五彩斑斕的美麗老鼠，正在餐桌上、眾人的目光下思考著。

「是不是，牠很可愛，很可愛罷。」爸爸的聲音喚醒了弟弟。

弟弟大口大口喘著氣，耳內突然湧進自己砰砰作響的心跳聲，抬頭正好瞧見姊姊用堅毅的強韌眼神死盯著老鼠。姊姊一向冷若冰霜的眼神這一刻像在對抗甚麼，兩顆眼珠像要爆突一般十分駭人，不過也正因為如此，一見到姊姊的神情，弟弟剛剛似乎將飄進雲朵裏軟綿綿的舒適感消失了。

那頓晚餐到底如何開始？如何結束？弟弟一點印象也沒有，祇知道老鼠自那天起便住進家中。

老鼠抱回來的第二天，爸爸下班帶著齊全的寵物用品回家，除了一個書桌般大小、粉紅色塑膠製的巨型鼠屋外，還有精緻的水壺、沙浴盆、飼料盆，及四個類似水管跑道的遊戲器材。

飄著濃郁薰衣草香的碎草墊料才一打開，整個客廳像香水罐打翻一般，嗆得弟弟猛打噴嚏。

「爸，這個味道太誇張了罷。」弟弟遠遠坐在電視機前用手摀住口鼻。

一向對動物深感興趣的弟弟，原本想在一旁看爸爸安置老鼠，但想到這隻全身五彩繽紛的老鼠，牠不受外界影響，如同靜止一般在盒中思索的模樣，就讓弟弟打了退堂鼓。說實話，昨晚祇是看上一眼，便讓弟弟印象深刻，那之中肯定有蠱惑人心的魔力。

「這才香啊，來，幫我把飼料拿過來。」

標價五百六十元的高級鼠飼料拿在手上感覺好不真實，這麼貴的老鼠飼料，似乎不應該出現在收入普普通通的家中。弟弟翻看了一下飼料成分，其中居然還有人參、當歸等中藥材，難道還要為老鼠養生保健不成？弟弟深深覺得爸爸為這隻老鼠花太多錢了。

組合好的鼠屋有如粉紅色的透明水晶宮殿，巨大而富麗。右上角裝設著讓老鼠奔跑的摩天輪，摩天輪前方一個形似樹幹的甬道，能讓老鼠爬上架於左方懸空的塑膠樹窩中。樹窩下鼠屋的牆面上，有個開口銜接著另外加購的粉紅色透明通管，曲曲折折連接著球形轉盤，老鼠進去後繞行半圈，可以通往另一頭透明通管銜接由下而上的螺旋狀囪管，上頭是一個祇要老鼠在裏頭旋轉奔跑，頂端紅色燈泡便會發亮的衛星小球。

整個鼠屋在客廳昏黃的燈光下閃閃發亮，交錯複雜的管路，時而平穩、時而爬坡、時而俯衝，讓弟弟想起迪士尼樂園中雲霄飛車的路線，加上所有管路全由透明的粉紅色塑膠製成，老鼠在哪奔跑、玩耍、進食，都能看得一清二楚。

「嘖嘖，波波乖乖，波波好乖喔，你的新家這次是薰衣草的香味，下次幫你換檸檬的好不好？乖，嘖嘖。」

爸爸將老鼠整個用雙掌捧起，置於眼前離唇不到三公分的距離，以一種逗弄嬰兒的語氣對老鼠咕噥耳語，斷斷續續，弟弟雖然聽不完整，但大概就是叫牠要乖、讚牠可愛的話。

弟弟將飼料放到爸爸身邊，便皺著眉頭轉身離開，他同時想起老師說過鼠類、鴿、兩棲生物身上隱藏著許多危害人體健康的病菌，這麼近距離接觸老鼠，爸爸的行為讓弟弟感到不解與厭惡。

家中除了爸爸，誰也不願意接觸那隻奇特的老鼠，書桌一般大小的巨大鼠屋就這麼大剌剌擺在客廳電視機旁，但大家從未靠近過它，也不曾將目光望向那裏，在媽媽、姊姊、弟弟的眼中，那個角落就像是空的；不僅如此，餐桌上整頓飯，能自巷口林太太兩隻博美狗打預防針被獸醫坑錢，到南部王媽媽上周打電話來哭訴兒子生活費少匯一千都能聊得天花亂墜的媽媽，也絕口不提老鼠。

私底下，弟弟雖然曾幾次想找姊姊聊聊關於老鼠的事，但每每走到姊姊宛如即將爆炸般的重金屬搖滾音樂門前，總提不起敲門的勇氣，因為他知道，已經多年未在家裏開口的姊姊，怎麼可能為一隻老鼠說話？

至於姊姊在學校是否會與同學嘻笑打鬧，或是暢聊家中這個怪異的新成員，弟弟自知管不著，也沒必要知道，這一刻弟弟其實祇想找個情緒上的避難所，可以紓解一下自從老鼠出現後，心裏頭各種複雜困頓的思緒，最好能有個人來告訴他，那隻老鼠到底是何來歷。

國小四年級的弟弟幾次想跟老師或同學討論，但想到不知該如何描述老鼠身上五彩斑斕的絢麗毛色，以及靜止不動、類似沉思的姿態，便讓弟弟打消念頭，因為他知道，種種一切說出口，肯定遭人白眼，不僅可能罵弟弟腦袋秀逗，更會當弟弟是瘋子。

因此，即便老鼠每天與全家大小共處同一個屋簷下，呼吸著相同空氣，喝著相同的水，但除了帶回來的第一天外，沒有人願意再提起那隻老鼠。

而每天負責照料牠的爸爸，也僅止於在照顧牠的時候，發出令弟弟渾身雞皮疙瘩的溫柔語調，其餘時候，爸爸如同以往，一邊看著財經雜誌或政論節目，一邊「嗯、嗯」回答媽媽叨叨絮絮的閒扯。姊姊仍是準時晚餐開飯前坐在她的位置上，在媽媽一刻不停的聒噪聲中默默把飯吃完，然後進房。屋子裏每個人的生活步調與過往毫無差別，大家似乎刻意忽略那隻被爸爸取名為波波的老鼠。

祇是大家都知道，即便如此，那隻老鼠仍在全家人熟睡的深夜，在客廳的一角兀自發散異樣迷幻的五彩光芒。

老鼠到家中兩周後，弟弟發現晚飯後的客廳電視不再播放政論節目，而是媽媽喜歡的《娘家》。這麼多年頭一次能握著電視遙控器的感覺一定很踏實，媽媽認真看著過去祇能在上市場買菜時，聽街坊鄰居聊起的人物內容，發揮歐巴桑特有收看連續劇「即便中斷幾周，也能接上劇情」的天賦，津津有味地隨著劇情呵呵發笑，並三不五時為主角叫屈，拍桌怒斥奸人。

雖然好幾次弟弟試著與媽媽溝通，是不是能每周一、三、五看《娘家》，二、四看《海綿寶寶》？但媽媽怎麼可能輕易放掉幾十年來從未享受過的八點檔時段，因此每天晚飯後，弟弟祇能在客廳有一搭沒一搭看著連續劇裏頭的人互相叫罵、互摑巴掌，並應和媽媽突然一句：「這樣的媳婦喔，真的該死，你以後不要娶這樣的女人，懂不懂？」

年僅十歲的弟弟哪懂得這些大人複雜的勾心鬥角？祇是礙於媽媽總拉著他一起收看，情不得已下祇好也學爸爸偶爾發出「嗯，嗯」聲回應媽媽。

倒是爸爸晚飯時段後，便拉著椅子到鼠屋前開始長達一整晚的人鼠親密時刻。相較於電視劇《娘家》，弟弟反而比較留意逗弄老鼠的爸爸。每當爸爸在鼠屋前坐定位，開始進行每日例行添加飼料、換水的動作時，弟弟總會覺得，眼前這個過去幾年與機器人沒兩樣的爸爸，突然活了起來，充滿人類該有的生氣。他最喜歡將老鼠以雙手捧托至眼前，然後用輕飄飄的語氣對牠說話。老鼠像聽得懂爸爸的話，安分穩當地窩在爸爸掌心，輕輕抖著鼻子兩旁的長鬚，一雙黑眼珠子咕嚕咕嚕打轉。

老鼠的眼睛黑亮深邃，像會吸人的黑洞，與爸爸凝望對視時，滴溜滴溜閃著詭異的光點，加上五彩斑斕、妖冶華麗的毛披，難怪爸爸願意放棄數十年如一日的飯後政論節目，與這隻被他取名波波的老鼠深情對望。

周四晚上，爸爸回家興高采烈宣布公司將他由協理升遷為經理，公事包還沒放下，便奔至鼠屋前要將老鼠抱出來玩。

「噯噯，爸爸先洗手吃飯，吃完再跟波波玩。」媽媽脫下圍裙，扯著嗓門說話，「你們兩個，吃飯了，有沒有聽到啊？吃飯還要人叫，沒餓過是不是？你爸升官應該加菜才對，哎哎，也沒事先講，臨時怎麼準備？公司怎麼會突然升你職？你們公司不是已經沒有高層職缺了？」

弟弟自房間走出來，縱使早已習慣，但仍在心中疑惑為何媽媽的嗓門如此之大，還是全世界的媽媽都是如此高亢嘹亮？即便在房間裏，媽媽剛剛的話從第一個字到最後一個字都能聽得一清二楚，反倒是爸爸的聲音顯得似有若無，或者爸爸又專心在與老鼠說話，並未搭理媽媽？

「波波有沒有乖？你看爸爸帶甚麼回來給你？」

爸爸拿著一袋類似嬰兒餅乾包裝精緻的小袋子在老鼠面前晃啊晃，由身後看去，爸爸似乎胖了些，雖然如此，弟弟仍肯定自己與姊姊瘦小的身材確確實實遺傳自爸爸，與媽媽日益臃腫的體型相較，就像生物圖鑑上雌性生物體積永遠大過雄性生物兩倍的範例，爸爸的襯衫永遠塞不滿，而媽媽的衣服下膨脹著速度驚人的脂肪。

「我說啊，一定是波波帶來的好運，你們看，爸爸多久沒調薪？多久沒升官？」

「好像真的是這樣，對不對？弟弟。」媽媽搶過爸爸的話，放下筷子，雙手誇張地在胸前合十，做出膜拜神明的動作說，「喔，這樣的話，希望波波讓姊姊、弟弟的功課進步，念大學的呢，順利畢業，小的這個這次科展拿到好名次，是不是啊？我跟你們說，菜市場賣早餐那個周媽媽，就是之前有賣稀飯小菜，後來改成祇賣燒餅那個，她啊，上禮拜去行天宮替她女兒求護士證照，沒想到女兒的證照沒考到，反而她大兒子收到退學通知，聽說是在校外打……」

「後天周六晚上我們去吃王品罷，慶祝慶祝。」爸爸打斷媽媽似乎可以講上一小時的話題。

「王品，好啊好啊，我們全家也好久沒上餐廳……」

就在媽媽還要繼續說下去同時，姊姊哐啷一聲放下碗筷，剩半碗未吃的白飯跳了幾粒到桌面。

爸爸、媽媽、弟弟瞬間像跟著跳到桌上的飯粒，節拍整齊地一起做出停下動作、放下筷子、抬頭看著姊姊的動作，然後，三人一起出現經常會在姊姊面前發生的凝結畫面，像電影定格一樣，大家就這麼靜靜地望向姊姊。

姊姊擅於精準傳達內心想法且毫無任何語言障礙、突破一切國際隔閡的表情說話了，「我沒空，你們要吃王品還是貴族世家，隨便，與我無關。」

每次這種由姊姊引發類似電影《明天過後》瞬凍的情況，最後總是在姊姊的表情說完話後才得以解除，就好像強迫全家一定得看她把話說完一般，無人能倖免。

姊姊目光冰冷銳利掃視大家一輪，然後緩緩起身回自己房間。房門關上的喀達聲如同電視遙控器的播放鍵，暫停解除，畫面又開始動了。

「沒關係，姊姊不去，我們三個去也是可以的，對不對爸爸？我們好久沒一起去餐廳了，禮拜六去的話是不是明天我先打電話訂位？餐廳都這樣，不預先訂位，到時去了沒位置，一等就是半小時、一小時的，大餐廳假日人多，爸爸有沒有想去哪家店？」

爸爸仰著頭把剛剛定格前喝一半的湯喝掉，並聳了一下肩，表示都可以，然後說「那就訂三個人罷」，語畢正好喝完湯，放下碗筷離開座位，慢慢走向客廳鼠屋開始一整天最重要、最幸福的時光。

爸爸升遷經理後更溺愛老鼠，不祇自己堅信這一切是老鼠帶來的好運，每天更不斷對媽媽、弟弟洗腦，簡直就像老鼠的信徒一般為牠傳教布施福音。

關於老鼠，爸爸每晚就像放學回家一定會向家人仔細報告學校發生了甚麼事的小學生，祇是在餐桌上，媽媽、弟弟誰也沒搭腔，姊姊當然不用說，她一直視全家人為無物。大家總任憑爸爸講解老鼠來了之後家中的改變，包括他上班車位好找、媽媽上個月統一發票中兩百元、姊姊房間音量變小、弟弟長高了些，誇張的爸爸甚至把廚房水槽不再容易堵塞也歸功於老鼠。

弟弟在心中暗想，要是老鼠能讓他的科展比賽順利入選，到時再來信爸爸的話也不遲。祇不過，一隻老鼠能帶給全家甚麼好運？弟弟怎麼也想不透，唯一能確定的就是，爸爸說老鼠好話，顯然是希望全家人能接納老鼠。

周三下午大約一點弟弟放學回家，一進家門竟然發現平時總要六點四十五分才到家的爸爸，居然已經在家中。

「爸，你怎麼回來了？」

「你下課啦。」

爸爸頭也不回應了一聲。坐在鼠籠前專注看著老鼠的爸爸，在沒開燈的屋內顯得詭異，窗子透進室外些微光線，他拱曲的背像公園裏落寞坐在椅子上發呆的孤單老人。

「怎麼不開燈？」

「喔，公司沒甚麼事我就先回來了，」爸爸對老鼠招著手，「波波，看這邊，看這邊。」

弟弟皺著眉頭朝房間走去，發現往常下午時間總在客廳看電視的媽媽居然不在。

「媽呢？」

「不知道，回來就沒看到了。」

向來在家的媽媽不在，反而不在家的爸爸卻待在家裏，弟弟有一種不祥的預感，說不上來的怪異。正當他準備進房的同時，外頭傳來鐵門打開的聲音，是媽媽回來了。

午餐在學校祇吞個麵包的弟弟放下包包、外套，想出來問媽媽有沒有東西可以吃，才踏出房門就驚訝得說不出話來。

站在客廳雙手掛滿購物袋的媽媽，就像電影中上街大採購的闊氣貴婦，幾個百貨公司的紙袋就像葡萄串一般，擁擠地在媽媽粗壯的手臂上前後晃著，這是從來不可能出現的畫面，也是弟弟不曾想像的情況，血拚戰利品與節儉媽媽這八竿子打不著的組合，讓弟弟愣在原地。

雖然他瞬間在腦中做了四、五個關於這些紙袋的假想，包括可能是幫朋友暫時拿回家，或裏頭空蕩蕩根本沒東西，提著裝模作樣等……但當弟弟將目光從紙袋移向媽媽身上時，這些假想立刻全部消失，弟弟原本因訝異而微張的嘴，現在撐開得能放下一整粒滷蛋了。

雙手像聖誕樹一樣滿滿掛著紙袋的媽媽，原先年過五十的歐巴桑電捲頭消失了，取而代之是一頭又黑又直、烏亮光澤的長髮，像電視洗髮精廣告女明星那樣在肩上直晃晃地甩啊甩的。

弟弟陌生驚恐地盯著媽媽黑色絲綢一般耀眼的頭髮，腦海中輕而易舉想起之前她的鳥巢髮型，那是弟弟熟悉了十年的頭髮，一整坨像直接用娃娃機夾來放在媽媽頭上，仔細聽裏頭還可能傳出雛鳥等待母鳥的啾啾叫聲。

媽媽的鳥巢頭數十年如一日，弟弟不曾看它變大，或是變小，寒冷的冬天或許提供了保暖功效，但揮汗如雨的夏季，卻也不見媽媽抱怨或改變髮型。如今，那個有時站在開了燈的抽油煙機前會微微襯著燈光散發出一種類似光暈效果的鳥巢頭，突然消失，讓初次見到的弟弟一時間失去目光的焦點。

像埃及豔后的齊眉瀏海、剪得平整俐落的及肩鬢髮，整顆頭就像換了一頂假髮，讓弟弟困惑之前偏黃枯燥的鳥巢是不是被母鳥叼到南方過冬了。

不僅這樣，沿著瀏海往下看，媽媽的五官讓弟弟嚇得張嘴發不出聲音。印象中除了一次堂哥台中請喜酒、一次表姊花蓮辦訂婚，從沒化過妝的媽媽平日沒有五官就像剝掉蛋殼的茶葉蛋，有些茶色微黃，鬆鬆垮垮地在激動說著市場賣早餐的周媽媽種種瑣事時，扭曲著皺紋劇烈晃顫。

其實多數母親的臉何嘗不是如此，經年累月為家庭、兒女、丈夫操心，做牛做馬，祇差沒睡廚房，哪有時間化妝保養？為此，弟弟一點也不覺得雞皮鶴髮的媽媽難看，畢竟那是歲月痕跡，任誰的年齡一到、壓力一大都會如此，弟弟心想，自己媽媽不過是多話嘮叨，臉部皺摺或許因此比別人多了幾條，最多不過就是當個皺紋茶葉蛋，那也沒甚麼了不起。

但如今在弟弟面前的，不是一顆皺紋茶葉蛋，而是一粒復活節彩蛋。被畫成像黑色奇萊山一樣陡峭尖銳的眉毛高高掛在兩顆與皮蛋沒甚麼兩樣的眼睛上方。兩道山峰登天般巍巍聳立，若有蒼蠅嘗試降落，肯定摔得鼻青臉腫，如此尖峰銳利的眉毛弟弟還是頭一次看見，而且濃密得嚇人。

兩個朝上的黑色箭頭讓媽媽呈現一種受到驚嚇的神情，加上那兩粒快比皮蛋大的眼睛，黑不溜丟，插著像古代皇帝身後宮女輕輕搖晃著孔雀毛扇子的假睫毛，又黑又長，恐怕剛剛自眉毛滑落的蒼蠅在這裏將被夾個正著。

媽媽的眼睛大約占據了整張臉將近三分之一的大小，以前她的眼睛絕對不是這樣，雖然弟弟記得媽媽的婚紗中也畫了大濃妝，但小巧精緻的單眼皮保留了一點中國味道；而現在，眼前兩顆像遭人圍毆造成的黑眼圈掛在媽媽臉上，完全看不出媽媽以前曾是單眼皮、小眼睛的古典美人，即便產後身材像爆米花一樣，碰一聲由一小撮米爆炸成一大桶米花，但精緻的小眼睛理應變得更小，而不是像現在，整個腫成皮蛋一般。

彩蛋的臉、皮蛋的眼，弟弟突然覺得頭好痛。

搭配山峰眉毛、扇子睫毛、皮蛋巨眼的是一張血紅闊唇。鮮紅的唇膏像不用錢一般塗抹得超出嘴唇範圍，顏色像剛嚼過檳榔或是大啃西瓜後，汁液將沿著嘴角滴下來，紅得不像話。「弟來看看，你媽這樣美麼？」

雙手掛滿紙袋的媽媽，原地轉了一圈，手臂上的紙袋前搖後晃，發出喳咂咂的聲響，像在為緊身亮片裝伴奏。

弟弟的目光無法停留在紙袋上太久，因為比琳瑯滿目的購物袋更精采的，是媽媽一身緊束的銀光亮片衣。

一片片大約一元銅板大小的銀色亮片掛滿媽媽胸前背後，沿著身體曲線高低起伏，就像廟中壁上蜿蜒飛騰的巨龍身上遍布著鱗片，緊身衣物上服貼的亮片閃閃發亮。

而且一般緊身衣展現曲線祇在胸部、腰身、臀部的區域，但媽媽的緊身衣因為多了腰間三層肥肉，放眼望去，緊身亮片更顯得暗濤洶湧，尤其腰側，緊繃的緊身衣裹著媽媽早已變形腫脹的脂肪，就像快爆開的糯米腸，三層呼之欲出的肥油擠著衣縫，努力向外擴散。若說下一秒便會繃開釦子，自緊身衣中湧出大量脂肪，一點也不令人意外。

「媽，你這……」弟弟說不出話來。

「怎樣，旗袍還不錯罷，」媽媽被繃緊的雙腿，像紮實的金華火腿硬塞進過小的禮品紙盒中，兩條肉顫顫踩著一雙亮皮黃色高跟鞋的腿，碰、碰、碰，興奮地跺著地板似乎想模仿踢踏舞，「性感麼？媽感覺年輕好幾歲呢。」

「所以你早上去買了，呃，買了這麼多東西？」

「喂，老頭，瞧你老婆，有沒有年輕，有沒有美豔動人？」媽媽甩下雙手的購物戰利品，撥弄著不知道為何突然變長的埃及豔后直髮，然後做出一個嫵媚妖冶的姿勢，看得弟弟打了個哆嗦。

從剛剛一直專心逗弄老鼠的爸爸，這時才轉過頭，看了媽媽一眼，「嗯，不錯」，接著又回頭繼續對老鼠說話。

不錯？弟弟更驚訝了。

爸爸的語氣就像晚餐看了桌上連續出現七天的青菜蛋花湯說，「哦，又是青菜蛋花湯啊」的稀鬆表情，絲毫沒有感到任何異狀。那一瞬間，弟弟反而覺得是自己大驚小怪。

「媽，家裏有沒有東西吃？我還沒吃午餐。」

站在靠近餐廳的沙發邊，弟弟看著媽媽興致勃勃地將購物紙袋中的東西一一拿出來撒在地上，一襲桃紅色縫滿金色圓形亮片的細肩帶連身洋裝、一條釘足了各種顏色水鑽的超短緊身牛仔裙、一件胸前開了大叉，穿上肯定甚麼也遮不住的細肩帶T恤，上頭同樣以紅金、藍金、綠金、黃金色的細小亮片縫拼寫了「正妹」兩字，T恤下緣繞著閃閃光芒的金蔥絲正好可以隱約遮蓋肚臍眼。

其餘還有兩串由英文字母A到Z排列串成的金色耳環、大約五、六個繩結圖樣纏結在一起的金屬雕花手鐲、一大把既大又重的骷髏十字架玫瑰花飾的金屬戒指，以及兩頂顏色樣式截然不同的假髮，一個是幾乎到腰的極長中分蘋果綠直長髮，一個是像朵蘑菇，又大又捲的粉紅色爆炸頭。

媽媽興奮得一手唰地自前額往後剝下頭皮，套換上蘋果綠直長髮。

沒見過這麼多新鮮玩意兒的弟弟一時間看傻了眼，也忘了肚子正餓著，靠上前蹲著看媽媽將假髮戴上，原來一開始的黑色埃及豔后頭髮也是假的，頭皮上頂著的，仍是原先枯黃乾燥的捲髮。

「怎樣，好看罷？」媽媽甩著頭，蘋果綠的直髮果然長過腰。

一整個下午媽媽將採買回來的裝備，像換季服裝展示般，輪流套穿在身上，而爸爸則仍舊在鼠籠前把玩著那隻老鼠。直到黃昏媽媽才收起堆滿客廳地板的戰利品，打了電話訂購外送披薩。

吃飯時媽媽新套上的金屬手環不斷發出喀啦鋃喀鋃的聲響，與客廳角落老鼠奔跑滾輪發出的喀啦喀啦聲，交織成令人頭暈的噪音，微小但持續，讓弟弟感到不舒服。

不過爸爸對這樣的聲音似乎不以為意，匆匆忙忙把飯吃完，便趕緊到客廳逗弄老鼠。而姊姊也未對媽媽的新造型有任何評論，祇在入席時，端著自己的碗稍微停頓腳步，立於餐桌邊打量了媽媽兩、三秒。

自那天開始，每天早上耗費將近一小時梳妝打扮的媽媽，自臥房出來時總帶給弟弟十足視覺震撼。也是從那天開始，媽媽不再像以前一樣幫大家準備早餐，包括姊姊的中餐，頂多掏了一張百元鈔票要她自己解決。以往晚餐前，總能看著媽媽在廚房忙進忙出，現在弟弟放學回家衹會看到她坐在客廳鏡子前，整理白天又到處血拚採購的戰利品，等爸爸到家，便打電話叫外賣餐廳送食物到家裏。

「哎喲，又是披薩，媽，我們這周吃三次披薩了耶。」弟弟看媽媽自外送人員手中接下兩盒披薩。

「不喜歡別吃，」媽媽隨手將披薩拋在客廳矮几上，好像那是一袋毫不重要的垃圾，而不是全家人的晚餐，「要的自己吃。」

剛回到家連衣服還未換下便蹲在鼠籠前的爸爸，像機器人接受指令一般，緩緩起身走到矮几邊坐下，打開披薩盒。而媽媽又坐回撒滿購物袋、包裝盒的落地鏡前，繼續嘗試把白天採購的金色手鍊一條條繫到手上。

今天媽媽上下兩件式銀色亮布的緊身小可愛、啦啦隊極短裙，與粉紅色的亮面布鞋，組成滑稽搞笑的造型，當她背對大家一屁股坐下時，環繞腰間的大塊肥肉便自啦啦裙褲頭上擠出來，掛在銀色亮布的裙面上頭。

「媽，你今天穿這樣去市場喔？賣菜的阿姨看到有沒有拍手叫好？」弟弟塞一口披薩，嘟噥著問。

「她問我怎麼整個人都煥然一新了。」媽媽直視弟弟，做出「天生麗質難自棄」的無奈表情，誇張得就像電影老片中的默劇演員。

弟弟驚訝地聳聳眉，閉上嘴不再搭話，靜靜看著媽媽用蓮藕般白肥粗圓的手臂撐起地面，搖搖晃晃在鏡子前站定，像在市場翻撿砧板上的豬五花肉，媽媽雙手扶腰，半扭身體，前面照照，後面照照。

以前充滿媽媽嘹亮嗓門的屋內，在她開始了新造型的日子後，似乎也擺脫過去市街歐巴桑的形象，扯開嗓子說長道短的情況不再，取而代之總是尖酸刻薄、冷嘲熱諷的對話，換句話說，除了身材之外，無論穿著、髮型、言談，眼前這個背影壯碩的女人絲毫不再是弟弟所認識的媽媽，而且，最奇怪的是，隨著衣著的改變，媽媽似乎也開始對老鼠有好感。

前兩天夜裏弟弟正要睡著，卻因一陣尿意起身上廁所，才剛出房門便聽見客廳有些細微聲響，一般來說，十一點半過後，全家人老早床上躺平，爸爸那時可能都已經開始打鼾。大家是否一覺到天亮，弟弟不知道，但就他自己而言，若不是前一晚喝太多水，通常不會爬起來上廁所。

窸窣聲自客廳傳來，弟弟忍住尿意，在好奇心驅使下慢慢向客廳前進，轉角處，他驚訝地停下腳步，看著眼前驚人的畫面，弟弟左手摀著嘴不敢發出聲音。

粉紅色鼠屋前，穿著睡衣的媽媽直挺挺站著，桃紅金的睡衣看上去大概已是最大尺寸，祇是腰部位置，仍被媽媽的三層肉繃得像初學灌製糯米腸的新手，不知節制塞進了太多糯米，恐怕祇要深呼吸，身側的縫線便會全數斷裂迸開。

「媽媽好像變胖了。」這念頭存在弟弟心中好一陣子，祇是如今，眼前的畫面讓他更加確定，這陣子媽媽真的變胖了。

媽媽頭頸後仰、臉面朝上的姿勢，將後腦勺的贅肉擠壓成肥厚像枕頭一般的硬實物體。

遠遠看過去，她好像正感受由上而下的神明的召喚，仰著的臉彷彿正在接受聖光的輕撫。而她的雙手，伸直了在頭頂前方高舉，如同一道光從上而下籠罩著她，而她正捧長了手想掬一瓢光。

這樣的動作在自家客廳發生，弟弟覺得詭異、不舒服極了。

緊閉著雙眼、仰著臉的媽媽就這樣一動也不動站在鼠屋的前面。

弟弟挪了挪身子，想看得更清楚些，就在這時他看到了更驚人的畫面。

粉紅色的巨型鼠屋前還站了另一人。姊姊。

不知道是太久沒見到姊姊，還是本來就如同隱形人一般的她，居然穿著滾有蕾絲邊的粉紅色連身絲質睡衣，站在媽媽身旁。

粉紅色、連身衣裙，對向來冷酷中性風格的姊姊來說，簡直就像夏天的腸病毒，一定會被她嚴加阻隔於兩公尺外。不祇如此，與媽媽一樣，仰起臉、高舉著雙手，像被看不見的聖光籠罩的姊姊，兩側耳垂閃閃發亮。仔細一看，竟然是耳環。

粉紅色衣物、耳環、戒指等會展現女性特質的衣著服飾，過去不見姊姊穿過，如今眼前的她竟然沒一樣漏掉。

這突如其來的驚訝，讓弟弟後來不知道是如何返回房間，又是怎麼入睡，一直反覆出現在腦中的，是姊姊與媽媽兩人高舉著雙手、仰著臉，像被甚麼控制住的閉眼陶醉的表情。

從那一晚開始，弟弟每天下了課，就看著全身亮片，宛如等會兒即將登台勁歌熱舞全身金蔥亮片的媽媽，繃著一身隨時要爆開的短裙緊身衣，在客廳一邊擦指甲弄睫毛，一邊與粉紅、粉藍、粉橘色系搭配，夢幻得像從童話故事繪本中走出來，閃著金光奪目耳環與五彩繽紛手鍊的姊姊熱情奔放地聊天；有時候，甚至連家門都尚未推開，便聽到媽媽爽朗的笑聲，以及姊姊不知道為何高八度，嗲聲嗲氣的嘻笑。

除了穿著，個性上的變化更讓弟弟無法忍受。

有一次爸爸晚餐時提議讓老鼠上桌，原本話題還繞在下個月百貨周年慶打算好好殺它個天昏地暗、日月無光的媽媽與姊姊，突然尖叫並堅持要與老鼠並肩而坐。

老爸的如意算盤是自己緊挨著老鼠度過美好晚餐時光，沒料到如今殺出兩個程咬金，三個人爭著要老鼠陪坐的場面嚇傻了弟弟。

「好啦，好啦，事到如今也不瞞你說，我跟你女兒打算帶著這隻老鼠離開。」

「去哪？」爸爸將小鼠籠拉近自己一吋，「那弟弟怎麼辦？」

「去哪不重要，重要的是，今後波波屬於我們。」媽媽將鼠籠拉過來。

「甚麼話，牠是我帶回來的。」鼠籠又靠向爸爸一點。

「爸，你覺得我跟媽這麼笨？當然是趁你不注意時把老鼠帶走。」姊姊說完，與媽媽一同發出高八度的尖銳笑聲，並將鼠籠拉近自己。

原以為與姊姊同一陣線的媽媽，竟然在這一瞬間，露出機警而不悅的眼神看向鼠籠，雖然馬上恢復，但已經被弟弟注意到了。

爸爸幾周前添購的小一號旅行用鼠籠，隨著三人交鋒一來一往的爭奪戰，忽前、忽後、忽左、忽右地在桌上移動，弟弟看著來家裏好一陣子的老鼠，竟在短短時間內改變了每個人，心裏從原本的困惑，一點一滴轉為恐懼與無助，似乎唯一正常的他，根本不知道接下來該怎麼辦，也看不到這個家的未來。

一改平凡無趣成偏執瘋狂的爸爸，由樸實和藹轉為風騷滑稽的媽媽，冷酷尖銳搖身變為夢幻甜美的姊姊，全家除了弟弟，似乎每個人都變了。

而且從那次波波爭奪戰後，爸爸不再回臥房睡覺。每天吃過晚飯、進行了神聖又毫無新意的波波時間後，洗完澡刷過牙的爸爸會將枕頭被子拿到客廳，身體躺平地板，背部緊貼著大型鼠籠的閘門入睡，就像老舊大廈一樓入口癱在值班台後的臃腫老保全，守衛著不讓任何人靠近他心愛的老鼠。

媽媽跟姊姊也不甘示弱，雖然鼠籠的一側被爸爸占據了，但她們兩人竟拿了遛狗用的鍊子，將自己的腳與籠子緊緊鍊在一塊兒。半夜起身上廁所頭一回見到此景的弟弟，驚訝得愣在原地半晌。

由於客廳的空間不大，媽媽就靠著籠子與牆壁抱膝坐著睡，卸除假髮的頭斜靠在籠網上均勻地呼吸；而姊姊竟然縮成一團，靠在過去跟自己最不對盤的媽媽身上打鼾，右腳踝跟媽媽一樣，都用狗鍊扣著籠門。

弟弟站在距離籠子大約十步外的餐桌邊，看著這幅奇異的景象，不睡房間的三人像籠子裏的老鼠，蜷起身體在入夜後變冷的客廳地板上沉睡。

老鼠在籠子內依舊靜靜吐納著微光，五彩斑斕的毛色隨著細微的呼吸緩慢上下起伏，節奏正與熟悉但卻愈來愈來陌生的爸爸、媽媽、姊姊同步。

雖然弟弟不知道自己過去的家庭，是否像老師歌曲所教的甜蜜又可愛，但他能肯定，以前大家即便沒像同學們的家人那樣會在餐桌上聊天、飯後談心，但，也絕不像現在這樣，交談熱烈、有共同目標、相同嗜好，甚至連睡覺都靠在一起，卻讓人不寒而慄。

這種和樂融融，祇讓看來逐漸像局外人一般的弟弟聯想到「中邪」，祇是為甚麼獨獨自己沒事？

放寒假的前一周，學校公布了科展得獎名單，弟弟奪得亞軍，頒獎那天，他看到冠軍居然是做綠豆發芽的實驗，這個去年害弟弟連參賽資格都沒有的題目，今年拔得頭籌。

看著小自己一個學年的學弟得意洋洋的嘴臉，弟弟心中有些不是滋味，不過聽到校長的評語，弟弟又開心了起來。

「第二名主題『微生物對生物情緒影響』的研究，同學提出了與我們擁有共同生活環境的微生物，是不是可能對我們造成影響。這個科展研究題目相當特別，學校許多老師大力讚賞，因為從來沒有學生做過，非常好，非常好，我們學校就是要有這種研究精神，讓我們再次掌聲鼓勵恭喜。」

會有微生物的主題聯想，全賴弟弟自幼便對小動物、寵物充滿興趣，這些動物身上的微生物也是他特別會去留意的，因為所有飼養書籍都強調，某些動物身上的微生物對人體有害，飼主在照顧動物的過程，一定要特別留意事後的清潔，像犬蛔蟲症、弓蟲症、鼠疫、貓抓熱、鸚鵡病、狂犬病、漢他病毒感染……突然一個獨特的感染病閃過弟弟腦海。

雖然弟弟的科展主題是微生物，但在蒐集資料的過程中，弟弟留意到一則資訊，世界上存在一種線蟲，那是一種不會思考、沒有意識的生物，線蟲的生活型態全由細胞內的基因決定，不需學習也不會改變，牠們出生後所有行為都靠著基因控制，包括如何在寄主身上移動，及移動到哪裏。

最特別的是，在寄主任何部位孵化的線蟲，一定會用終生的力氣與時間，往腦部游去，並在腦幹中央部位聚集。

線蟲貫穿腦幹一直到大腦新皮質，深深啃食並以此為活動起點，逐年累月下來，大量的線蟲就像遊行隊伍，以腦幹中的中腦為起點，經下視丘、扣帶回，再抵達額葉與顳葉。這條路徑在醫學上稱A10神經。

A10神經又名「快樂神經」或「恍惚神經」，是負責快樂的腦內神經，曾有實驗對這區神經插入電極並通上微弱電流，受實驗的對象都會出現心靈平靜與幸福感，尤其是顳葉皮質經刺激甚至會出現強烈快感，不少受實驗者甚至對醫師出現戀愛的錯覺；而叢生於A10神經上的大量線蟲，啃食神經的刺激，同樣讓寄主產生愉快的感覺，即便面對危險與敵人也不會畏懼。

為甚麼線蟲要讓寄主感到心靈平靜呢？由於線蟲祇能靠著寄主存活，個體過小的寄主無法提供足夠的養分給快速繁殖的線蟲，因此如何從一個體型較小的寄主，轉移至體型較大的寄主，成為線蟲一生最重要的任務。舉例來說，原先生存於螞蟻體內的線蟲，會怎麼進行搬遷呢？

線蟲由DNA控制，全體移動至螞蟻的A10神經上，鑽動啃食A10神經的線蟲，讓螞蟻感到安詳愉悅，尤其是當螞蟻在水果表面進食時，更放鬆舒適，即便水果已被猴子握在手中，準備大口吞下肚的同時，螞蟻也會因受線蟲控制而緊咬著水果，像中了邪術一般，動也不動順利被猴子連同水果一起吞下肚。

進入猴子體內的線蟲沿著消化系統，或傷口進入血液循環系統，開始繁殖。受DNA驅動的線蟲一進入猴子血液中，便開始無意識朝腦部潛游，目標即是A10神經。等線蟲數量足夠了，便足以透過啃食、蠕動來影響猴子的行為。

不少亞馬遜河流域的原住民都見過面對老鷹卻毫不畏懼的猴子。這些怪異的猴子眼神渙散，聽見老鷹叫聲時，不僅不同於其他猴子會立刻尋找遮蔽物躲藏，牠們大方走到草坪中央，或巨石上方，靜靜呆坐了下來，有些甚至會朝著老鷹高舉雙手，緩慢而茫然地輕輕搖晃著。

就像媽媽、姊姊半夜那樣。

原是天敵的老鷹，這一刻，在猴子眼中成為溫暖幸福的依靠。

吃下猴子的老鷹，當然也同時吃下了猴子腦中的線蟲，成為新的寄主。這個寄主具備飛翔的能力，能散播線蟲的範圍更廣、更遠。

突然間，弟弟明白了一件事，老鼠波波身上一定有某些讓全家人愈來愈怪異的東西，祇是那是甚麼？

弟弟一時間還不清楚，但很肯定的是，這個東西不像線蟲，得靠著「吞食」傳遞，畢竟讓一家人人仰馬翻的波波，至今還活得好好的。弟弟決定展開大反攻。

寒假開始的第一天，姊姊背起縫滿蕾絲的粉紅色布料背包參加為期四天的社團活動，出門前她依依不捨看了老鼠很多眼，若是媽媽沒出手阻止，她應該會想帶波波一起去。

接著爸爸出門上班；媽媽去外頭晃一整天，以前確實去買菜，但後來弟弟看著她每天自外頭提回來的都是百貨公司紙袋，也就不太想理會媽媽究竟去了哪。弟弟算好時間，立刻戴上幾天前準備好的塑膠手套，將波波裝進旅行用的小提籠中。

住家兩條巷外的寵物美容店因之前特別招呼過，按了門鈴便有人來將波波接進去。

弟弟這陣子一直在想，為甚麼祇有爸爸、媽媽、姊姊受到影響？將波波送進寵物美容店後，弟弟在街上吃過午餐便搭著公車到台北西門町找東西。許多學生迫不及待上街透氣，寒假一開始大家便湧入鬧區遊盪購物玩樂。弟弟買完東西，下午回家前繞至寵物美容店接回波波。

連續四天，波波都在美容店進行全身清潔，傍晚爸媽回家前偷偷放回籠中，神不知鬼不覺。第四天晚上弟弟安置好波波後，連忙進自己房間，直到聽見姊姊打開大門回來，他才走進餐廳與大家一起吃披薩晚餐。

「喔，很漂亮啊，但想像媽媽這樣性感，你啊，還差得遠呢。」

媽媽的話吸引爸爸將一直望向鼠籠的目光拉回看了弟弟一眼，然後又迅速將眼神轉回老鼠的方向。姊姊也在同一時間瞥了弟弟一下，不過，像發現來自同一個星球的同類，她的目光停頓而且流露出好奇但帶著溫暖的氣息。

弟弟一邊彆扭地扯著粉紅色蕾絲繞邊的短褲，一邊慢慢坐了下來。象牙白的蕾絲邊盤著粉紅色長襪，刮得他雙腿搔癢難耐。他拉了一下青蘋果綠的T恤肩線，沿著領口環竄的絨毛撓得他哭笑不得，但他注意到自己的服裝，成功引起姊姊的注意。

整頓晚餐弟弟偷偷留意姊姊看自己的眼神，短短半小時內，姊姊由好奇變為認同，再變成接納。然後弟弟覺得是時候了。

「爸，要是我想跟媽還有姊姊，帶著波波離開，你同意罷？」

「啊？」

「我想跟媽還有姊姊一起。」

爸爸確定聽到了弟弟的話後，放下餐具冷漠看著媽媽。這個在之前已讓全家僵持好幾天的話題，即將再度點燃戰火。

「你要帶他們兩個去哪？」

不甘示弱的媽媽搖晃著寫有HAPPY NIGHT的金色耳環，劈頭對爸爸以高音量回應。

「不是兩個，還有波波。」

「我說過波波是我的，是我的，是我的，你們別想帶他走。」

爸爸的話才說完，媽媽立刻接上一陣咆哮。原先毫無互動的餐桌頓時再度上演波波爭奪戰。

一切都在盤算之中。

穿著自己花了四天時間縫製的花俏T恤、短褲，弟弟一臉驚恐地離開座位，窩到姊姊身邊。

「姊，我怕，我怕。」

故意示弱的弟弟小心試探姊姊的反應，因為過去弟弟從來不曾見姊姊對任何人表示關心，有一回媽媽珍愛的鍋寶玻璃湯鍋蓋不慎掉落，在鍋蓋落地、即將碎裂的前一刻，媽媽伸出了右腳擋在鍋蓋下。約一公斤的鍋蓋就這麼硬生生地以蓋緣砸在媽媽右腳腳背上，她發出了淒厲的尖叫聲，那一刻，在冰箱前的姊姊轉過頭看著鍋蓋，可能還連帶看了一下媽媽。

五秒後就像這件事不曾發生過，姊姊冷漠轉回頭，用不屬於這個空間的移動方式，離開我、媽媽與鍋蓋的視線。

「別怕，來這邊。」姊姊張開手臂一把攬住弟弟肩膀。

「姊，爸媽變這樣，好恐怖。」

姊姊摟緊他，用溫柔得足以包裹他的眼神，和緩、感性地看著弟弟。

「你穿這樣就跟我一樣，不要怕，姊姊保護你。」

弟弟瑟縮在姊姊懷中，一邊裝出恐懼害怕，一邊強忍笑意。因為這是弟弟大反攻的第二步：拉攏姊姊。

在連續四天送波波上美容院清洗後，弟弟判斷在家中擺酷的姊姊其實內心孤單得要命，而且生性獨立的弟弟讓身為家中老大姊的她無從發揮姊姊的母性愛。因此弟弟先將自己的穿著改成與她相同，吸引注意，然後再故意示弱，讓姊姊能挺身而出保護他。

當天晚上，姊姊邀請弟弟到房間，這是他第一次進入這個神祕禁地。許多之前祇能從門口窺探的書本、海報，這晚都活生生近在眼前，甚至一伸手便能真真實實地觸摸。而那把神聖不可侵犯、在黑暗中兀自吐光的吉他，仍像門外窺看一樣，有著《中華小廚師》傳說中廚具的耀眼光芒；與姊姊長聊的徹夜，弟弟每瞥吉他一眼，便嘸一嘸敬畏而虔誠的口水。

兩天後，被弟弟成功說服的姊姊，在爸爸出門上班後，便拿著相機一起到媽媽的房間。

站在鏡子前的媽媽正努力將手臂套進昨天血拚的戰利品中，那是一件長及膝蓋的淺紫色軟呢前開式背心，背心裏頭已經穿了一件老鼠灰色的前釦外出型胸罩。此外，短得將兩球屁股肉擠到外頭的深綠色牛仔短褲，像即將爆裂的月桃葉粽子，飽滿紮實而且賣相頗佳。

「你們來幹麼？這個胸罩，媽穿起來是不是特別好看？」

「媽，你看這個，我跟弟特別去買來給你的。」

姊姊從身後晃出兩串閃著紫金色的長穗子耳環，每串耳環流動著三條約二十公分的穗子，像極了圖畫書中引吭破空翱翔的鳳凰尾巴。

「甚麼？你們給我買了甚麼？我……」

話還沒完，轉頭見到耳環的媽媽瞠目結舌，兩粒畫得像救國團冬令營營火晚會火把的眼睛，眨巴眨巴死盯著鳳凰尾巴。

「戴戴看嘛，我跟姊姊幫你拍照。」

「啊？拍……拍照？」像被人當眾指出門牙牙縫卡了青菜一樣，媽媽突然慌了手腳，「我，我不好看，別……別拍啦。」

媽媽急忙自衣櫃中扯出一頂粉紅色大波浪假髮，往頭頂慌亂戴上的同時，一邊向床頭牆壁退去，站定位後，雙手手腕向上一舉，做了一個舞台劇演員謝幕時的大V字，並咧開像兩條朝天椒的火紅厚唇，喜孜孜笑著。

「我會不好意思啦，又不好看，」媽媽看到姊姊擎起傻瓜相機瞄準她，連忙大聲聲明，「好啦，一張就好。」

正面、側面，轉過身來一個深情回眸，相當專注於擺弄姿勢的媽媽，正如弟弟預料，完全投入拍照這件事。

「媽，我記得你衣櫃裏有件紅禮服，好漂亮耶，你拿出來穿啊。我請姊姊幫你拍照。」

被說中心事，媽媽臉上瞬間閃過一抹桃紅色。弟弟趁勝追擊。

「還有那個一長串閃閃發亮的金色耳環，像蜘蛛絲一樣又細又美的，也拿出來讓我跟姊姊瞧瞧。」

「呵呵，誰跟你說我有這些東西？古靈精怪的。」媽媽強忍著笑意，自衣櫃底層掏出那件紅得像寶石的旗袍晚宴服，窄窄的肩、緊緊的腰、長長的裙，貼身得像一件藝術品。

「哇塞，好美，弟說的一點都不假。媽當年結婚穿這件？」

「現在老了也胖了，穿不上了。」

「怎麼會？媽才不老，穿穿看啊，我等不及想看了。」弟弟伸手輕輕抓了抓晚宴服，發現材質是伸縮有彈性的萊卡，應該能撐得住媽媽如今龐大得毫不客氣的身體。

「好，男生出去，好了再叫你。」姊姊扳過弟弟，朝門外用力一推。

在房門外等待的弟弟心中暗自祈禱禮服能穿得下。

在想通了一直裝酷的冷漠姊姊內心其實希望能保護他人後，弟弟理解媽媽正好與姊姊相反。

為了丈夫、小孩、家庭身材日漸變形的媽媽，珍藏著衣櫃中的那些華麗而年代久遠的衣服，不僅表示她不願承認自己早已走樣的身材，更對如今難再吸引他人目光而感到忿忿不平。因此，內心極度渴望別人關注與認同的媽媽，受波波影響下變成瘋狂消費，並將自己打扮成閃亮聖誕樹的歐巴桑，這些行徑祇是為了吸引大家注意。

一個是想關心他人，一個是想被人關心，姊姊與媽媽會變成這樣，其實主因都來自對他們兩人漠不關心的爸爸。爸爸對這個家的忽視與冷漠，讓性格敏感而細膩的姊姊索性退縮回自己的世界中，並讓一直默默等著丈夫投來一個關愛眼神的媽媽，成為像紅色旗袍晚宴服一般孤伶伶在衣櫃中靠著不斷進食與肥胖來自我孤立的悲情女人。

「媽，你美極了，真的。」

弟弟再度回到房間，雖然眼前是一根像即將爆餡的黑豬肉香腸，但他還是給了媽媽一個最誠懇、最窩心的微笑，因為他知道，現在媽媽最需要的是這個。等事情過了，再來設法幫媽媽減肥。

接下來利用周一至周五爸爸上班的時間，姊姊都陪著弟弟送老鼠波波前往美容院，雖然不是每天洗澡清潔，但在那裏與其他老鼠一起遊戲，波波似乎也慢慢變成較為正常的老鼠，除了體型依舊較其他鼠類大，原本身上五彩斑斕彷彿流轉著金屬光線的毛披，竟變為正常老鼠的鐵灰色。更重要的是，波波改掉了動不動就沉思的習慣，之前那種身軀靜止不動、忙碌咕嚕轉動沒有眼皮的小眼睛的模樣，實在讓弟弟感到不舒服。

也許是波波身上微生物或特殊細菌減少了，爸爸幾個月來對波波的迷戀緩和許多，他改掉一吃完晚飯便蹲在鼠籠前的習慣，也不再將波波抓出鼠籠置於掌心餵飼。這些改變，弟弟、姊姊與媽媽全看在眼中，不過誰也沒有討論。

但他們三人知道，爸爸一定留意到，早已不將自己關在房裏的姊姊，不再有波波出現後突變成甜美可愛的情況；而媽媽不僅改掉以前的嘮叨碎念，連後來誇張風騷的穿著打扮也沒再出現，她每天除了勤力打點家務，更花時間在客廳搖呼啦圈運動瘦身。

短暫的寒假，一下子將告結束，那個周五傍晚媽媽特地準備了爸爸愛吃的薄鹽醬燒半天筍、姊姊最愛的水果沙拉、弟弟最喜歡的豆豉蒸石斑，及媽媽自己鍾愛的花椒紅油煨雞，打算給準備開學的弟弟、姊姊打打氣，順便給爸爸一個久違的料理驚喜。

大門準時在傍晚六點四十五分打開，爸爸回來時，穿著圍裙的姊姊從廚房揩著手到客廳。

「爸你回來啦，來，外套給我。」

「老公辛苦了，先洗洗手，等等就可以吃飯了。」

小心翼翼端著湯碎步朝餐桌移動的弟弟，也拉高嗓音，「爸，吃飯囉。」

這幾周下班總能聽到一家三口熱情問候的爸爸，自己明顯感覺到踏進家門的一瞬間，的確忘卻了種種上班的疲勞，雖然改變一開始的幾天，確實讓爸爸感到極度彆扭不自在，但回想起十多年前姊姊開始念小學時，每天黃昏下班便聽她小大人般吆喝著自己回家的景象，爸爸感到一陣窩心；再大一點，姊姊甚至還會搶著幫回家的爸爸脫外套，並拖去掛在衣帽架上。

因此像重拾溫暖的回憶，爸爸很享受全家人這樣的改變，而他也試著闔上向來用來配飯的財經雜誌，並試著參與媽媽、姊姊、弟弟閒聊的話題，他一直以為祇要再這樣下去，一家人將會再出現久遠以前的和樂景象：自己負責一家的生計、媽媽細心打理家務、姊姊與弟弟感情和睦。爸爸心裏是如此期待的。

祇是這些美好的想法在寒假結束前的最後一個周五幻滅了。

「咦？怎麼了？看起來有心事的樣子。」

「爸今天要人幫忙解領帶喔。」姊姊脫下圍裙後，幫坐在椅子上的爸爸脫下領帶。

從進家門便未開口的爸爸沉重緩慢地搖搖頭，眼神空洞望著餐桌上的薄鹽醬燒半天筍。

「爸，你怎麼了？」

三人察覺事態嚴重，全靠了上來。

「我……我那個，唉，沒事。」

「爸爸，甚麼事？你看起來很擔憂，說出來聽聽看，」媽媽輕拍爸爸的肩，「大家都是一家人，對罷？」

「是啊，講出來說不定大家能幫忙，如果不講就真的沒輒了。」

弟弟看見爸爸欲言又止，眼神不像過去嚴肅難以親近，反而透著與自己做錯事後不知如何啟齒一般的靦腆神情，弟弟馬上鑽到爸爸身邊。

「爸要是你不好當著大家面講，那講給我聽就好，這是男人與男人間的對話。」

「噗哧。」爸爸被弟弟逗得笑出聲，伸出疲憊的大手撥了撥他為開學新剪的短髮，「男人間的對話咧。」

一邊點著頭，弟弟一邊圈著耳朵靠近爸爸的嘴。

在媽媽與姊姊兩雙好奇的眼睛注視下，爸爸將事情小聲告訴弟弟。

「噢，拜託，我還以為是甚麼大事咧。」一聽完話，弟弟搧著手坐回自己的座位，臉上一副爸爸大驚小怪的輕鬆神情。接著又立刻站起身朝飯鍋走去，準備盛飯，「來，大家吃飯吃飯。」

丈二金剛摸不著頭緒的媽媽、姊姊，眼睛撐得更大了，兩人面面相覷，一副對弟弟不供出答案的表現感到深深難以苟同。

將大家的碗內盛入白飯後，弟弟坐回座位，挑動眉毛看著姊姊。眼前因為洗臉，鬢髮與前額有些溼的姊姊，脂粉未施，透著一股清麗的氣質。那些前陣子突兀的金屬耳環與粉紅色可愛衣飾一掃而空，取而代之是一般大學二年級清純恬靜的裝扮，胸口寫著Mouse的全白素色T恤，膝蓋些微磨破的淺藍色牛仔褲，清爽簡單大方。

而媽媽那一頭被埃及豔后假髮覆蓋的電棒捲真髮，如今也忠實呈現，像過去那樣，似乎隨時都吸引著小鳥歸巢。在弟弟的眼中，這頂無論何時都充滿蓬鬆感、永不塌陷的電捲頭，不僅柔軟溫暖，更讓他感到窩心安穩，的確比烏亮垂直的埃及豔后頭，更適合在這個家出現。

當然，現在媽媽身上也看不到像魚類一般閃閃發亮的鱗片服飾，更沒有舉手投足鋃鐺作響的手環項鍊，少了這些譁眾取寵的裝飾品，媽媽反而放射出一股讓人折服的自信，那是所有母性為了家庭綻放而出的光芒，即便媽媽還是以二十公斤桶裝瓦斯的型態矗立在大家面前，猶如玉山一般雄偉，但弟弟可以自那一座穩如泰山的身形中感受母愛溫情的一面，那是纖細敏感而且處處為這個家、為兩個子女操煩的心意。

「既然弟弟都這麼說了，那我們……」媽媽說。

「那我們就不過問老爸啦，」姊姊接話，「你想講自然會講，對麼？因為我知道老爸跟我們絕不會有祕密。」

爸爸直愣愣看著說完話、真誠微笑的姊姊，突然鼻頭眼眶紅了起來。哽咽得說不出話，爸爸在媽媽、姊姊、弟弟的環視下抽了抽鼻子，壓抑住一股幾乎要翻湧的情緒。

「我……爸爸我，失業了。」

聽到這句話的媽媽、姊姊先是愣了兩秒，然後兩人異口同聲說：「怎麼了？」

「你們沒聽清楚？爸爸被炒魷魚，失業了。」

「我們還以為甚麼大事，不過就是芝麻綠豆的小事，哪裏值得一直頂著張哭喪的臉。」

「你們看，是不是沒啥大不了。」

「爸爸前陣子太常請假沒上班，老闆可能警告了幾次，最後竟然變成這樣。」爸爸說完轉頭看看鼠籠。

「哎哎，之前你不是說這個公司挺不人性的，福利也不好，好幾次聽你抱怨完，一定會補上一句『這種公司不如趁早辭了』，」媽媽挾了一小搓薄鹽醬燒半天筍放入爸爸碗中，「現在這個願望不僅實現了，而且還意外拿到一小筆意外之財，你想想，要是你自己辭職，公司會給你任職十幾年的資遣費麼？」

「對耶，爸，你年資這麼久，資遣費應該有……破五十萬罷。」

「真的假的？爸，姊姊說的是真的麼？」

爸爸垂著頭默默點了點。

「嘖嘖，這樣聽起來，自己辭職的確是派大星會做的蠢事。」

「誰？」

「一隻會做蠢事的海星，那個不重要，重要的是，爸你可以趁這機會換個新的工作環境，而且在下個工作前，你有五十多萬可以應急耶。」弟弟補充說。

媽媽在爸爸望向她時聳聳了肩，並給他一個會心的微笑。

「媽，你說像爸這樣庸人自擾的人應該怎麼辦才好？」

「女兒啊，我聽說下禮拜王品牛排好像推出新的嫩烤犢牛肋排，這種牛肋排就是專治庸人自擾病的。」

「甚麼是庸人自擾？媽，甚麼是庸人自擾？」

「簡單來說，這句成語是形容會自尋煩惱的笨蛋。」

「噗。」弟弟憋住笑。

爸爸也強忍著笑意，瞪了媽媽一眼，「好啊，當著小孩面欺負我。」

一個起身，爸爸竟做出姊姊與弟弟有記憶以來，從未見過的動作，他從媽媽身後突如其來一把抱住。

同樣受到驚嚇的媽媽，張大了雙眼，臉頰快速翻紅，姊姊與弟弟都注意到媽媽眼角閃過一抹靦腆羞怯的笑意。

弟弟心中漾開一絲甜蜜蜜的感動，轉頭看著在客廳角落的老鼠波波，已經失去過去五彩斑斕神祕毛色的牠，似乎發出正常老鼠的叫聲，吱的一聲，弟弟開懷笑了。

百耳袋

「把耳朵聽到的怪異故事，放到袋子裏好好收藏，但切記別超過一百則，因為……」（根岸鎮衛，一七三五～一八一五）

喀。

天還沒亮，楚楚便睜開眼盯著房間被爸爸漆成粉藍色的天花板。清晨冷空氣自窗外透了進來，楚楚縮縮脖子，她很訝異自己今天居然不用鬧鐘便像鍋子裏的蛤蜊一樣，啵啵地張開雙眼，而且是完全意識清晰地睜開雙眼，絲毫沒有過去打瞌睡、賴床、睡眼惺忪等情況，因為她清楚記得，今天是爸爸帶全家大小，還有同學欣潔一起出遊的日子。迫不及待出發的楚楚，一骨碌便掀開棉被翻身下床。

「呼，好險。」

床頭櫃上差點摔在地板的鬧鐘，讓楚楚一把抓住。她邊將因起床動作而掃落的鬧鐘放回櫃子上，一邊撥理頭髮。

前陣子過完年便十歲的楚楚，有著一頭及腰的長髮，這是爸爸幫她留的，每次姊姊幫她梳理的時候，總會向楚楚聊起媽媽以前的頭髮。

「你不知道，媽媽的長髮都快到膝蓋了。」

「都祇有到屁股的照片啊，跟我現在的頭髮一樣長。」楚楚嘟著嘴。

「誰叫媽後來都不拍照，不然我記得最長到膝蓋，」姊姊揪著一把楚楚的頭髮，仔細檢查分叉，並用楚楚美術課用的剪刀剪去分叉，細心模樣宛如照料的是自己的頭髮，「而且你的名字聽說是媽媽親自取的，醫生說，當時把你抱給媽媽看，因為太胖了，媽媽看到祇說兩次『ㄓㄨ ㄓㄨ』便走了，到底是楚楚還是豬豬，至今還是個謎。」

家中祇有楚楚擁有一頭長髮，爸爸、哥哥是男性，一直都是幾近平頭的短髮，而姊姊不論結婚前或結婚後，也都是保持帥氣的耳上短髮，印象中不曾留長；雖然姊姊或哥哥不祇一次向楚楚描述媽媽生前的飄逸長髮，但為了生下楚楚而難產離世的媽媽，永遠祇能存在家庭相簿與爸爸、姊姊、哥哥的口中。

「楚楚，起床，楚楚起床。」樓下傳來哥哥的大嗓門。

「起來了啦。」臥房的薄紗窗簾並未透進窗外任何光線，窗簾上漾著謎一般的深藍色，是與深夜裏窗簾上的黑色截然不同，這是天色將破曉的迷濛顏色。

每年過完農曆新年後，總是楚楚最期待的日子，特地避開寒、暑假到處人擠人的時間，利用春假帶一家大小旅行出遊，是爸爸跟三個子女最親近的時刻，雖說姊姊去年結婚後，並未與姊夫另覓新居，而是邀請姊夫一起住在家裏，但比起每天面對面相處，似乎一同出門旅行，更能增添家人間的情感，楚楚一直這麼覺得。

從去年中秋過後，爸爸不斷預告今年春遊要給大家不一樣的感受。半年多來，兄姊妹加上姊夫四人，無不絞盡腦汁、設計套話，就是想探探爸爸口風，問出春遊的特別之處。好幾次，婚前與姊夫跑遍台灣各地的姊姊，會冷不防潑爸爸冷水，「台灣春天不過就是那些地方可以玩，不是麼？」為的也是用激將法逼看看答案能否無意間讓爸爸說溜嘴。

叮咚。

清早六點剛過，大門鈴響。

「哎喲，楚楚啊……同學都來了，你還在孵蛋喔，」姊姊的聲音從大門傳遍整間屋子，「欣潔早安，好準時。」

「姊姊早，楚楚還在賴床喔？」

「應該醒了在刷牙，你吃過麼？有準備你的早餐，等等車上吃罷。」

「于伯伯早安。」欣潔禮貌地打招呼。

欣潔是楚楚在班上最好的同學，一張瓜子臉美得不像話，同樣都是十歲的小女生，欣潔卻有著更成熟的美。

楚楚曾經拿欣潔的全家福照片給大家看，大家一瞧立即恍然大悟，因為欣潔的媽媽就像中國小姐畫冊裏頭的冠軍得主，光滑透亮的鵝蛋臉，一雙輕描淡寫的蛾眉在上頭輕飄飄地掛著，兩只杏桃般的水亮黑眼睛滴溜溜轉啊轉，而那顆半青大小的蓮霧鼻，彷彿隨時停著蝴蝶，迫不及待靠上春天初開的水仙嗅上一嗅；最後是粉紅色的豐唇，靦腆一抿，好像許多心事盡往肚子裏吞、有苦不說的嬌羞，與照片中站在身邊的欣潔，正如一雙自故宮博物館遺失至民間的玉人兒，大小雖異，但絕美相同，母女兩人相機前這麼一站，連入鏡的風景區垃圾桶頓時都變香、變好看了。

而這也是為甚麼爸爸、哥哥、姊姊不止一次向楚楚描述媽媽模樣的原因，一位長髮如溪，一位豔冠群芳，若真要探究是楚楚的媽媽美，還是欣潔的媽媽美？這可絕非三言兩語能辨出高下的難題。

「欣潔有跟爸媽說了麼？兩天一夜，可別讓他們擔心。」爸爸提醒。

姊夫、哥哥、楚楚陸續到了客廳集合，大家寒暄幾句後，便各自帶著行李坐上爸爸的黑色九人座休旅車。

當爸爸開車的時候，哥哥便坐副駕駛座；而當姊夫開車的時候，姊姊便坐副駕駛座，唯有楚楚與欣潔從頭到尾就像東西宮娘娘出巡，安穩舒適坐在中間排，完全不需煩惱交通問題，畢竟與十九歲的哥哥、二十四歲的姊姊相較，十歲的楚楚祇需要吃好睡飽、不吵不鬧，就是大家的福音了。

休旅車一路南下，擺脫了台北都會的喧囂，一抵達台中，大夥兒吵著繞進市區買當地名產太陽餅，一整盒餅上車後便分食精光。

「瞧瞧你們的樣子，真像餓死鬼，祇有餓死鬼吃東西才會這樣喀嚓喀嚓，掉得到處都是。」姊姊咧著牙從最後排往前探頭，一邊說，雙手一邊像捧著食物，在下巴左右來回刷動。

「姊，別這樣，好可怕喔。」

「哎呀，于伯伯你的車，」欣潔驚訝愧歉地看著每個人腳踏位置散落的太陽餅碎屑，「我們不應該在車上吃餅的。」

「沒關係，玩回來我還是會送車去清潔，別擔心。」

「我爸不會在意這些，呵呵，」楚楚還是很小心用左手盛著下巴，防止太陽餅屑掉落，「爸，你說這次旅行很特別喔？」

休旅車駛進省道，窗外的建築從高樓大廈一瞬間轉為平房瓦舍，爸爸轉著方向盤，發出意味深長的笑聲。

「對啊，爸不透露一點，我跟你女兒都不知該怎麼幫大家準備東西。」

這次換姊夫將頭由最後一排往前探，自楚楚與欣潔所坐的中間排椅背縫鑽出，活像掛在斷頭台上等著斬首示眾的人犯。

「爸說一下嘛，等等到了目的地也會知道啊。」

「既然會知道，幹嘛現在說？」向來沉默寡言的哥哥終於出聲。

楚楚吐吐舌頭，悶哼一聲不再開口。

午間陽光在休旅車深褐色的塑膠皮椅墊上頑皮地奔馳，窗外的風景像驅趕羊群的牧羊人，將陽光整片整片快速地趕過椅背、窗框、擋風玻璃、儀表板，以及爸爸度數六百加散光的金絲框眼鏡。楚楚瞇著眼享受陽光照進車內與春天微涼空氣一陣暖一陣寒的交替趣味。

不知過了多久，楚楚從昏睡中醒來。

「唔，欣潔，我們到了麼？」

楚楚揉著眼睛呢喃問話。

靜止不動的休旅車讓楚楚誤以為到達目的地，怎知轉頭一看，與自己同坐一排的欣潔正斜頭靠窗靜靜地睡著。陽光不知何時已經轉到欣潔那一側，鵝黃偏橘的色調，代表時間逼近黃昏。

納悶的楚楚看著與自己一樣留著長直髮的欣潔，歪斜著頭，大片秀髮烏黑地攔遮著透窗而入的晚霞，金黃夕陽零星分布在臉上，她垂著頭，胸口平穩起伏，睡得好沉。

再將頭往後轉，後排的姊姊、姊夫兩個人肩膀緊靠，頭彼此交疊相依。姊姊歪斜著臥在姊夫肩窩上，兩種沉穩呼吸時而同步、時而交錯，像夏夜一唱一和互相呼應共鳴的青蛙叫。

楚楚再轉頭，前座的哥哥仰頭朝天，睡得極熟，張開的嘴讓楚楚想到國語老師之前教過的成語「嗷嗷待哺」中課本上的配圖，幾隻張大嘴等母鳥餵食蚯蚓的小雛鳥，仰天張開的嘴就像哥哥現在熟睡的模樣。

而負責駕駛的爸爸更整個人趴在方向盤上，上下起伏的背線，可以猜想，他也同樣深深安穩沉睡著；已經熄火的休旅車，鑰匙孔上浮雕著cola英文紅色字樣的橡膠鑰匙掛圈，靜靜懸在爸爸右腿上方，看來車子已經靜止好一段時間。

楚楚疑惑地向窗外張望，想辨識自己身在何處。

類似交流道出口的街景，大型汽車旅館的霓虹燈看板在夕陽橘光下，鏽蝕的痕跡格外顯眼，即便距離遙遠，楚楚也能想像上頭歷經風霜後幾乎難以在夜晚如常閃爍招攬客人的燈管開啟時，閃閃眨眨宛如老人沾滿眼屎的迷濛雙眼，不再像過去那樣晶明璀璨。

黃昏陽光斜斜溢滿整輛休旅車，到底是在哪裏？

「爸？哥？醒來醒來，」楚楚探著手搖搖爸爸的背，「姊，你們醒來啊。」

欣潔揉著雙眼，慢慢將頭離開緊靠的車窗。

「這邊是哪？」

接著姊夫也醒來，一邊搖著姊姊，一邊張大嘴打呵欠。

「怎麼睡著了？爸，醒醒。」哥哥乾咳幾聲。

最後醒來的爸爸，像從極深的睡眠回到現實世界中，雙手一如往常在睡醒後，總搓著臉頰、額頭，然後打一個巨響的哈欠。他轉頭看看大家，再看看擋風玻璃與左邊車窗外的情況，發出了理解的悶哼聲，便啟動車鑰匙、踩了油門讓車緩緩前進。

「爸，你怎麼也睡著了？」

爸爸看了一眼手表，皺著眉頭，用力扳轉方向盤，紅綠燈剛變的路口，休旅車一個大迴轉朝反方向疾駛。

「趕一下路，我們快遲到了。」爸爸踩下油門，大家不約而同向後傾倒。

一路上每個人好像都在努力回憶到底怎麼回事，直到快抵達目的地前的十分鐘左右，姊姊才拼湊出剛剛全車的人睡著的順序。似乎是楚楚先睡著，接著欣潔、姊姊、哥哥、姊夫，一個個像骨牌倒下般，連鎖效應在短短幾分鐘內發生，而就在哥哥睡著的那一刻，爸爸將車倉皇靠到馬路邊，並在姊夫昏睡前的模糊視線下，扭熄了休旅車引擎，趴上方向盤沉睡。

「而且我記得，我是突然好想睡覺，就靠著窗睡著了，」欣潔將原先一整天披肩的長髮，用髮圈束成簡單的馬尾，「你們也是這樣？」

嗯。

所有人包括爸爸，都發出不能確定，卻又急切想同意的微弱的「嗯」一聲。畢竟沒人知道為甚麼全車的人會一瞬間全數睡著，前一刻大家沿路還說說笑笑，下一刻卻像吸了麻醉藥，無一倖免，全員倒下。

半小時之後。「到了。」爸爸俯身向前，探頭看著經過我們休旅車頭頂上方，寫著寺名的鳥居。

「姊，這間是甚麼廟啊？」

「你說鳥居上面寫的喔，好像是『淨法寺』，太暗了看不清楚。」

「對，淨法寺，不過年代久遠的樣子，這座鳥居竟然是木頭的。」姊夫搭話，「台灣很少見耶。」

「請問姊夫，甚麼是鳥居？」

欣潔話剛問完，便被姊姊催著下車，「晚點再讓他跟你解說，我們先把東西拿進去罷，天色都暗了。」

車行經過鳥居幾公尺後，停在寺廟的中庭。左右放眼所及全是日本浮世繪裏頭枝幹猙獰、葉葉似針的松樹。這些松樹一株株立於車道兩側的石像之後，更遠的松林望過去祇是黑壓壓一片，因天色快速昏暗，除了寺廟本身有燈光照明外，四周盡籠罩在太陽逐漸下山暗黃的鬼魅氣氛中。

「爸，我們今晚睡這裏？」

正四下張望的楚楚被哥哥的低啞嗓音嚇了一跳，像幹著偷雞摸狗的勾當時，突然被人從背後拍了肩膀。

「這該不會就是『特別行程』罷？」姊姊張口結舌望著大家眼前的雙層古老廟宇。

自楚楚有印象以來，每年至少一次，爸爸總會帶著姊姊、哥哥、楚楚一家大小選擇一個台灣風景區度假，在春暖花開的短暫春假，祇要爸爸安排好了，一家四口便驅車前往，休旅車也是因為這樣的需求才添購的。畢竟交通便捷的台灣，一台車便能抵達東西南北很多地方，無論是北部陽明山、拉拉山，中部溪頭、中部橫貫公路，南部赤崁樓、墾丁，東部太魯閣、花蓮等，祇要能想到的著名景點，這些年爸爸都會開車帶大家到當地進行至少兩天一夜的外宿度假，有時睡的是飯店旅社，有時則是野地求生、帳篷紮營，甚至還曾向附近的國小、國中借睡教室，一張張上課桌子拼在一起，大剌剌躺在上面睡覺的感覺，是身為國小學生的楚楚連想也不敢想的冒險，那次旅行楚楚興奮得整夜沒睡。

衹是像這樣在廟中過夜，楚楚還是生平頭一遭，沒有上次借宿學校的興奮感，取而代之是一種難以言述的恐懼，一點一點從心中慢慢擴散到手腳、頭部。楚楚數過，自下車到站立廟前，她的頭皮麻了兩次，並打了一次寒顫。

剛剛當休旅車緩緩駛進寺廟範圍，經過松林時，隱約察覺有人躲在黑暗林中偷看的感覺，又爬上心頭。楚楚緊張地轉著頭四處張望。

「欣潔，欣潔，你有沒有感覺……好像有人在看我們。」楚楚話說完，雞皮疙瘩全立起來。

欣潔靠了上來，緊緊挽著楚楚的手臂不發一語。透過外套，楚楚感覺欣潔微微發抖，順著欣潔向前仰望的視線，楚楚也抬頭瞧看這座氣氛詭異的廟宇。

單面朝前的寺廟全棟灰白色洗石子外牆，頂蓋罩著極為簡單的灰色水泥飛簷，不像一般廟宇雕樓畫棟、金碧輝煌，眼前的淨法寺除了正門左右兩排寫有「淨土清涼斷千萬火宅煩惱，法相莊嚴生點滴菩提慈悲」的紅漆字外，其餘部分遠遠看去，加上天色昏暗，整間寺廟根本就像黑白照片那樣單調無趣。

一般來說，寺廟總在太陽下山後關閉山門，不再接受香客進香參拜，淨法寺似乎也是如此，祇是其他廟宇氣派大方的朱紅廟門，在此被嚴重生鏽的鐵捲門取代，加上黃昏時刻才剛點亮的慘白壁燈在兩側悶悶地照著，鐵捲門更顯得冰冷無情，那是華燈初上的色澤，昏黃帶點灰綠，若一直注視著被兩盞壁燈照映的鐵捲門，會讓人以為那是一扇開啟魔界的閘門，推開後將如同

《水滸傳》一般釋放一百零八個妖魔鬼怪。

正當大家困惑、恐懼看著這座灰濛濛的寺廟時，爸爸上前按了鐵捲門旁的門鈴，鈴聲像被勒住喉嚨發出的呢喃，在建築物裏空蕩蕩響起。

「呵，這裏……這裏好安靜，呵呵，對不對？適合……度假？」姊姊強顏歡笑，對著姊夫說。

「我想這就是古詩中說『千山鳥飛絕，萬徑人蹤滅』的意境罷……」

姊夫口中「罷」字剛落，寺廟後方山區遠遠傳來一聲淒厲的烏鴉叫，尖銳高亢劃破安靜的黃昏，所有人瞪大了眼不寒而慄。

「你不要亂說話，甚麼千山鳥飛絕，那兩句甚麼意思你知道麼？」姊姊惱怒拍打姊夫的肩膀，壓低嗓門說，「是指人啊、鳥的全死光了，烏鴉嘴。」

雖然姊姊不想影響其他人的情緒，但剛剛她那些聽起來比姊夫更不吉利的話已經讓每個人聽到了。哥哥皺了一下眉頭，緊盯著爸爸的背影。

鐵捲門突然嘩啦啦捲起，天色快速暗下的傍晚時刻，像落入魔術師迷幻詭祕的戲法之中，光線一不留神便瞬間失速，鐵捲門一寸寸拉開更無血色的蒼白光線，像揭開蓋有帆布的蠟像般，一寸一寸將站在門前黑暗中的爸爸描清輪廓。

「你們來了。」

站在室內燈光中的人影開口便是簡單低沉的一句話，語氣中帶著些微等候的不耐煩，楚楚看見說話的人如她所料是位和尚，雪亮渾圓的光頭反射著室內慘綠光線。

「不好意思，我們來遲了，」爸爸點著頭，應是一臉歉意，「希望沒有打擾師父休息，我們……」

話還沒說完，開門的和尚忽地轉身打斷了爸爸說話，毫不客氣地招招手，示意大家跟他進屋。

「要進去了麼？」楚楚開口一問，馬上被站在右手邊姊姊掃來的目光制止。

「跟著爸就是了，別多話。」姊姊壓著音量說。

一行人提著行李魚貫穿過打開的鐵捲門進入寺廟。剛踏進廟門，撲鼻而來是濃稠沉重的檀香氣味，猛然吸進鼻子，讓人有一種直衝腦門、眼窩的灼熱感；而呼氣的時候，鼻腔深處則能嗅到蠟燭燒融的蠟味，淡淡的卻很清楚。

楚楚一邊捏著鼻梁，一邊小心控制呼吸空氣量，深怕不留神失禮打了噴嚏。

鐵捲門內的大廳正是淨法寺的大廳，可能因為關上鐵捲門後室內新鮮空氣不足，焚燒的檀香、線香薰得屋內白茫茫一片，如同電視上旅遊節目中英國倫敦的厚重大霧，伸手不見五指，祇是腦中對霧氣既有的印象，吸進鼻裏的應該是冰涼與清爽，但現在廟中的線香霧氣，聞起來卻是既混濁又綿密，每個人都感到一陣昏眩。

濃重馝馞的濃煙將屋頂四座日光燈光線烘托得更白，自檀香爐中蜿蜒上升的焚煙在空中掙扎扭曲，像悽慘的戰爭照片，變形成一張張慘不忍睹的臉孔讓人害怕。

楚楚緊緊抱著欣潔的手臂，半推半就擠著姊姊往前，心想趕緊離開這間大廳，因為就在剛剛盯著裊裊焚煙的時候，楚楚瞥見空曠挑高的淨法寺大廳前端，一對守護神像由上向下瞠著大圓眼睛俯覽眾人，猙獰的面容、糾結的肌肉、暴凸的獠牙，讓楚楚嚇得全身打顫，雖然她在心中不斷告訴自己，這是爸爸帶大家度假的地方，而且寺廟裏頭的菩薩神佛也不可能害人，但奇特的不舒服感覺從在車上昏睡醒來後一直縈繞心頭，像電影中被下了降頭或詛咒的受害者，思緒渾渾噩噩，無法集中。

在黏膩的誦經聲中大家自大廳轉進左側迴廊，原先白霧迷茫的視線瞬間闃黑，錄音帶的罐頭佛經念誦聲，在身後被曲折的牆壁像裝入紙箱的小貓，呢喃愈來愈遠。

進入偏間，視線一瞬間幾乎全黑，領頭的一停步，和尚、爸爸、姊夫、姊姊、楚楚、欣潔、哥哥全堆成了一團，大家靜悄悄不發一語，濃濁的呼吸聲混著大家忽然停步的雜錯腳步聲，在黑漆漆的房間更顯得煩躁。

帶路和尚漫不經心切開燈光，大家才看清楚，偏間是一個未經裝潢的水泥白牆大通鋪，也許甚少使用，粗糙木條板釘製的地板散發嗆鼻的木頭氣味，與剛才大廳濃郁的焚香在胸口混合，大家都感到一陣噁心。

「這是你們的房間，棉被枕頭在櫃子裏，」和尚指了角落的壁櫃，「廁所從這裏繞過去走到底，晚上沒別的事請早些休息，明早後面廚房有幫大家準備素齋，晚安。」

和尚點個頭，轉身離開時將門帶上。

姊姊看看姊夫、欣潔看看楚楚，哥哥與爸爸則像影片定格，眾人過了幾十秒才被姊姊的聲音喚回神。

「爸，這就是你說的特別行程麼？」

姊姊的問話帶著一絲責備。

哥哥一如往常開始打探四周，敲敲房間內一扇對著戶外與另一扇面對走廊的毛玻璃窗戶、踩踩木頭地板通鋪的四個角落，最後拉開角落壁櫃向裏頭探瞧。

「我沒想到是這樣的廟，跟想像有點不一樣。」

「何止不一樣，感覺比恐怖電影還可怕。」楚楚仍緊抓著欣潔四周張望。

「爸，這個棉被，」哥哥嗓音謹慎，「你要不要來看看？」

大家轉頭看向哥哥，姊姊臉上先閃過一絲疑惑，瞬間又轉為厭惡。

「你直說，別裝神祕。」姊夫察覺到姊姊不高興的神情，知道她的個性好奇，肯定靠過去，屆時受了驚嚇，又拗著幾天臭脾氣，所以連忙要哥哥直接說，別嚇到膽小卻愛湊熱鬧的姊姊。

哥哥聳聳肩，沒有開口，一隻手同時扳著櫥櫃門像防止別人從兩邊探看，那模樣擺明了是要大家過去。

楚楚一直站在進房之後的位置，一動也不敢動，身邊的欣潔則被她拉著，像木板上的釘子固定在原地不得動彈，祇是好奇心使然，欣潔拉長脖子想一探究竟。

「棉被怎麼了麼？」

等爸爸走過去，哥哥側了身子讓房間光線照進櫥櫃，方便爸爸查看。

「啊。」

一聲驚呼，讓姊姊、姊夫、楚楚、欣潔四人同時倒抽了口氣，大家緊盯著櫃子前的爸爸，祇見他深鎖著眉頭，直睜睜地朝櫃子裏頭瞪瞧。

「于伯伯？」

「爸？」

就在姊姊扯開姊夫的手，朝爸爸走去時，對外的窗戶破空刺入一聲銳利尖叫。

是貓兒用盡力氣撕扯喉嚨的聲音，尖銳淒厲，直接穿透眾人耳朵刺入心臟。

雖然祇有短促的一聲，卻讓所有人腦中閃過極為不祥的畫面：一隻被拉著雙腳硬生生扯得肚破腸流的貓兒，在生命結束前恐懼哭嚎。

祇是這樣的畫面出現後，更可怕的念頭立刻浮現，如果真如想像中是貓兒受虐致死的慘叫，在這個方圓數里毫無民宅的寺廟，會是誰造成的？

楚楚猛搖頭，想甩掉剛剛領路和尚的樣貌。

「你們倆不要賣關子，我……」姊姊提高嗓門想壯膽，撥開姊夫的手，一個箭步衝向哥哥身邊，探頭伸往衣櫃，突然，她才說一半的話應聲凝結，兩眼睜得圓大。

「姊姊，你看到甚麼？跟我們說好不好。」眉頭糾結成一團的欣潔從進寺廟後雖然依舊骨碌碌轉著好奇的大眼睛，但眉心始終結在一起，好像在思索著甚麼，或擔心著甚麼。

「爸，我真的深深覺得，你這次的計畫糟透了。」

姊姊歎著氣，放開原先搭在哥哥肩上的右手。

其他人幾乎是同一時間靠了上去，楚楚跟欣潔擠到爸爸身邊，往櫥櫃中一看，這才明白為甚麼哥哥、爸爸、姊姊這麼驚訝了。

分成上、中、下三層的櫃子撲鼻傳來濃烈的黴味，三層分別塞了一條、三條、二條看上去厚實笨重的棉被，棉被是那種祇有長輩家中才能看到的大紅花色，斑斑點點的黑色黴斑緊緊抓住每個人的視線。

六條被子全都爬滿了教人全身發癢的暗黑色斑點，或密集或稀疏，按照常理，這樣的棉被早被人丟棄不用，現在卻疊妥置於櫥櫃中，難不成要大家今晚蓋這樣的棉被過夜？

一陣黴味過後，腐敗的木頭氣味混著古老發臭的水溝氣味，沿著鼻腔淹進胸肺之中，大家似乎在同一時間嗅到空氣味道的轉變，不約而同皺起眉頭。

「看來寺廟很貼心，特地準備了六條被子，」姊夫像用目光點數人數，視線快速掃過每個人，「一人一條。」

「你閉嘴，這種棉被你敢蓋？祇會胡扯。」姊姊打斷姊夫的話。

「爸，我們……」

「看樣子我們今晚是不能睡了，」爸爸接著楚楚的話，語重心長地說，「每年我都會找個時間帶大家出門走走，像去年的花蓮太魯閣、前年的墾丁南灣，每次都住很不錯的飯店或旅館對罷？」

姊姊、姊夫、哥哥、楚楚同時點點頭，第一次參加的欣潔則抿嘴靜靜聽。

「今年原本想給大家不一樣的體驗，住個不同的地方，但，我好像搞砸了。」爸爸一臉愧疚。

「甚麼搞砸？哎喲，爸也沒料到會這樣，寺廟掛單本來就顧不到品質，比這個更差的肯定更多，這間淨法寺已經不錯了。」姊姊似乎也為自己剛剛突然爆發的脾氣感到歉意，連忙緩頰。

「姊說得對，何況我們都沒有這樣的經驗，呵呵，」楚楚也為爸爸說話，可能是話一說出口，心情釋懷，楚楚露出進入寺廟後難得的笑容，「祇是爸，怎麼會想帶我們來廟裏住？」

爸爸低頭傻笑，外型憨厚加上帶著歉意的搔頭動作，讓大家深深覺得不宜再抱怨這趟旅程，至少不應該再露出絲毫厭惡或不滿的神情。

「因為，」爸爸停頓了一下，「今晚有個特別活動。」

上午聽到這句話，大夥兒的確抱著滿心期待，畢竟大家都是年輕人，對新鮮事物總特別感興趣，祇是到了現在還說甚麼「特別活動」，祇會讓大家覺得爸爸玩笑開過頭，畢竟從下車到現在，一切都顯得詭異不舒服。

哥哥關上櫥櫃門，走到窗邊，想打開對著走廊的室內窗，發現竟已老舊不堪，完全封死無法使用，轉身改為想打開另一扇，也就是剛剛傳進貓叫的對外窗戶。

「哥，別開，關著就關著。」楚楚出聲制止。

「開一點罷，空氣不流通，廟裏檀香的味道好濃，頭都暈了。」

一邊點頭，哥哥順著姊姊的話將毛玻璃窗戶打開。

外頭真的入夜了，由於窗戶朝向寺廟更右側的樹林，沒有任何路燈照明，以至於太陽一下山後便立即呈現墨汁般濃稠的黑色。不知是否因為如此，還是的確吹起山風，大家在開窗的瞬間，都感到明顯的寒意。

就在開窗的一瞬間，楚楚注意到有東西閃過。

「啊，啊，甚麼東西，那邊有東西。」楚楚大叫。

大約兒童高度的身影在開窗同時，向左邊的灌木叢堆中鑽去。

楚楚嚇了一跳，她想起學校其他小朋友說過的鬼故事，甚麼在林投樹林中上吊自殺的林投姊、學校水池邊入夜後眼睛會轉動的蔣公銅像，她害怕得趕緊閉上眼，不過剛剛一閃而逝躲進左邊樹叢的身影，她瞧見了。

所有人順著楚楚手指的方向望去。

暗得不見五指的樹叢中，甚麼也沒有，倒是枝葉晃動，顯示著春天入夜後寒風四起。姊姊打了個哆嗦，攏了攏衣服領口。

「你眼睛花了啦，我甚麼都沒看見。」一直站在楚楚身邊的欣潔說。

由於她們倆緊勾著彼此，因此兩人的視線也一直是同一個方向，楚楚看到的事物，欣潔理應同樣看到。

欣潔說完這句話，強拉著楚楚轉身背對窗戶，就在此時，楚楚眼角餘光瞄到欣潔異樣的神情，她似乎隱瞞了甚麼。

哥哥朝窗外張望了一下，便折衷將窗戶開一半，關上的一半算是成全楚楚的心願、開著的一半則是滿足姊姊的期待。山上入夜後天黑得好快，轉為冰涼的風順著半開的窗戶吹進屋內。

「爸，你說的特別活動到底是甚麼？而且我們好像耽擱了不少時間，錯過晚餐了。」姊夫問。

「你們餓不餓？欣潔不好意思，跟我們出來玩，卻讓你餓肚子了，」爸爸說，「姊姊有帶泡麵，大夥兒不如泡泡麵將就將就。」

「喔耶，泡麵泡麵，」楚楚對欣潔嘟著嘴，「你知道麼？我們家很難得吃泡麵，爸管很嚴，說甚麼有防腐劑，也不過才一包，又不是天天吃。」

「嗳，聽到泡麵你就樂了，」姊姊笑著，「委屈欣潔跟著我們沒吃晚餐。一餐吃泡麵不要緊罷？」

欣潔笑著搖頭。

「她才愛哩，尤其肉燥麵。」楚楚還想繼續說下去，卻被欣潔推著手肘制止了。

大夥兒說說笑笑接過姊姊從背包取出的保麗龍碗裝泡麵，果然有欣潔最愛的肉燥麵，其他牛肉麵與炸醬麵分別讓爸爸與哥哥認領了，原以為將一直延續至深夜的恐懼害怕，這一刻也因為美味的泡麵晚餐而暫時被忽略。

簡單在寺廟的淋浴間沖洗後，眾人換上較舒適的運動便服，並將煮好的開水依序倒入麵碗中，圍成圈席地而坐一邊等著泡麵，一邊用終於揭曉的期待心情看著欲言又止、吊足大家胃口的爸爸。

「那我現在說囉，」爸爸拉上環保筷的隨身袋拉鍊，手上的鋼製環保筷噹噹作響，讓人不耐煩，「還是大家先填飽肚子？」

「爸。」

整齊而怨懟的哀嚎響遍屋內。

「噓，小聲，師父們都在休息了，那我一邊說，大家一邊吃，」爸爸端起身前的牛肉麵，「這次旅行爸爸決定要舉辦一次『耳袋』。」

「耳袋？」

「嗯，大約距今三百年前的日本江戶時代，是一個氾濫洪水、火山爆發、飢餓災禍、戰火兵燹的年代，當時一位在朝廷仕官的下級武士根岸鎮衛利用繁忙公務之餘，到處蒐集從別人口中聽聞而來的怪談、奇聞，這些自古流傳下來的故事有些是刻意登門拜訪聽來，有些則是日常生活無意間聽見，暗自在心中記住，回家再謄抄於紙上，一則則寫好的故事便放入袋中保存。」

「將耳朵聽到的奇怪故事放入袋子裏收藏？」姊姊問。

「根岸鎮衛終其一生都在蒐集故事，每一百個故事便整理成一卷，到他一八一五年過世前共蒐集了高達十卷、一千則故事。祇是因為許多故事是出自當時幕府將軍們的口中，怕引起爭議，這些耳袋被根岸鎮衛妥善收藏，並未流入民間，直到一七九八年親戚們看到這些故事，大家非常喜愛才被大家謄抄問世。」

「爸，那這一千則故事，都是那個……那個恐怖的喔？」

「跟現在的鬼故事不同，當時的耳袋都是奇聞怪談，不一定是鬼怪故事，衹是經過三百多年的抄寫流傳，民間出現一個關於耳袋的奇怪說法。」
吃完的泡麵保麗龍碗，像鄉野小巷置於街口祭拜孤魂野鬼的祭品，被野狗吃剩後，隨意散置的空碗，顯得孤伶伶無所依靠。
「甚麼奇怪的說法？」
「該不會像日本恐怖小說《七夜怪談》裏的錄影帶，看完衹能活七天罷？」
「不，」爸爸的表情一轉嚴肅，「是不能超過一百則，包括一百。」
「一百則？甚麼意思？」
「在後來大家手抄流傳的過程中，有人發現根岸鎮衛的耳袋每一卷似乎不是一百則，而是九十九則。」
「哇，三百年前的政府官員就知道偷工減料喔。」姊夫打岔。
「閉嘴，你這個梗很難笑，」姊姊似乎早料到姊夫會插進這麼一句，飛快在他話一出口，便連忙阻止，「而且很沒有營養。」

「十卷，每卷九十九則故事的耳袋，最初被認為是手抄流傳過程中的人為疏漏，畢竟當時是靠著老百姓口耳相傳，故事情節增多減少在所難免，漏了一則，或自創增加一則，也沒人太在意。因此，不少多事的人便自作主張，將耳袋每卷的數量加至一百則，」爸爸皺著眉頭說，「換句話說，九十九則補一滿百，耳袋中的十卷，每卷皆補足一百篇耳袋故事，成了貨真價實的一千則故事，然後……怪事從此開始。」

「啊，爸別說了啦，你們有沒有感覺到，好像有人在看我們。」楚楚摀著耳朵，但其實還是能聽到爸爸的聲音。

「楚楚甚麼時候變這麼膽小啊？」哥哥想著剛剛楚楚叫嚷關窗、喊著外頭有人影的驚恐模樣，噗哧笑出聲。

「是真的啦，哥，」楚楚從剛剛爸爸開始講關於耳袋的事時，便皺著一張苦瓜臉，到最後提到怪事發生，楚楚幾乎哭出來，「你們都沒感覺到麼？」

「爸，是甚麼怪事？你繼續說，別管楚楚。」姊姊側過身，伸長手摀住楚楚的耳朵。

「楚楚不敢聽要不要坐遠一點？可別晚上睡不著喔。」爸爸接著說，「當時流傳民間的耳袋版本有三種，一個是由同樣武士出身的光司鹿谷整理，他將手邊原本根岸鎮衛的九十九則故事，補上一則自己家鄉水井惡鬼的恐怖傳聞，湊足一百，沒料到一年後光司鹿谷竟在女兒節當日，在人形娃娃前自殺身亡。

「第二個耳袋版本出自一位姓井伊的商人之手，據聞這位商人與當時江戶時代的彥根藩藩主有遠親關係，動用了不少財力、人力整理根岸鎮衛的耳袋故事。聽說他手上的耳袋原本祇有九十七則，為了湊足一百，自己增添了琵琶湖巨龜、比叡山食人野僧、彥根城女靈三則，」爸爸歎了口氣，「一年後的春天，這位商人竟被發現倒栽於宅院後的水井中，奇特的是，井中沒水，他的頭就這麼筆直插在井底的爛泥中。」

「噢，噢，爸這會不會太恐怖啊？」姊夫驚呼，眉頭鎖成一個「儿」字形。

「第三個版本的耳袋也是補足了一百則故事，然後發生不幸？」哥哥嚴肅地問。

「嗯，大約三十多年後，與江戶時期名人西鄉隆盛同樣出生於薩摩藩、同樣擁有西鄉這個地方大姓氏的某位神官，因為知道根岸鎮衛的耳袋歷經數十年流傳已殘缺訛誤，便於任內著手進行補遺，當時他彙集了宮廷的光司版本與民間的井伊版本，加起來總數竟不過八十九則。幸虧身為皇宮負責祀神祭典的西鄉神官，每天即與法術符籙、神佛妖魔為伍，不愁沒有奇異故事可以補足一百則。

「祇是當西鄉神官動員了整個神社大約四十名神主進行耳袋的補撰後，隔年三月某天清晨一早，整個神社的神主們，包括西鄉神官本人，像人間蒸發一般，完完全全消失不見蹤影。當時藩主派出將近一百二十多位武士進行地毯式搜索，卻絲毫沒有任何神社成員的下落。」

原先一直從房門外傳來淡淡的錄音機誦經聲，此時停了下來。牆上的掛鐘敲響九下，應是大廳和尚們的晚課結束，到了就寢的時間。

像按下遙控器終結了電視喇叭的生命，突然降臨的寂靜，楚楚感覺就像整個人被塞進放大了一百倍的布丁中，甚麼聲音也聽不到。

這樣說其實不正確，因為耳朵裏還能聽見窗外風吹樹葉的沙沙聲，遠處鄉下人家的狗正不知為何吠叫著，顯得屋內突然出現的安靜是即將發生甚麼大事的預兆。楚楚感到不安。

「爸，你說這些，該不會跟你說的甚麼特別活動有關罷？」

「嗯，」爸爸點一下頭，從行李中拿中幾張白紙與幾枝筆，「一直到現今，日本不少人仍堅信，如果大家聚在一起講怪異故事，絕不能超過一百則，最多九十九則，一旦講了第一百則絕對會發生奇怪的事。」

「但是，剛剛爸說那三個事件，都是三百多年前的事，那時是連飛機都沒有的時代，跟現在科技發達，天上全飛機、人人有手機怎能相提並論。」姊夫說完故意呵呵笑了兩聲，祇是他想緩和氣氛的方式一點也不高明。

「一九九〇年，日本人木原浩勝與中山市朗兩人因為自幼便相當熱衷蒐集恐怖故事，因此便決定將蒐集的故事交由出版社扶桑社編製成《新耳袋》一書，當時扶桑社一開始遵循過去百物語的方式製作，理所當然收錄了整數一百則怪異故事，祇是到一九九八年改由另一個出版社接下出版權時，新版的《現代百物語　新耳袋第一夜》竟少了一則故事，目錄上確實由舊版的一百則減少為九十九則，而且書本的最後頁面上寫著：『舊版原以百物語的形式出版，但因種種不得已的理由，本版在不更動內容的原則下，總共收錄了九十九則故事。』」

「甚麼種種不得已的理由？」

「你們覺得呢？」

爸爸做了一個意味深長的表情，起身拿著我們家的大型保溫壺往門外走去。

「喔，賣甚麼關子，這時跑去裝熱水。」楚楚抱怨。

「那我也來喝一杯咖啡，你們要不要？」姊姊問。

「我覺得那些不得已的理由一定是發生怪事，所以出版社才不敢放一百則，」姊夫說，「你把東西拿來中間，要喝的人都可以泡啊。」

等爸爸回來的時間像經過一世紀這麼久，除了欣潔喝熱茶外，其餘五個人都泡了一杯即溶咖啡。

圍著圈席地而坐的面前，每個人都有一杯冒著煙的熱飲，在室內白得有些發綠的日光燈光線下，蜿蜒而上的蒸氣好像靈異照片裏無意中入鏡的半透明亡靈。

「于伯伯，你剛說不得已的理由是甚麼？」

爸爸一邊啜著咖啡，一邊說《新耳袋》出版後的頭一個月，各地的意外事件數量較過去多出兩倍，而自殺率也突然增高，日本警視廳發現這些案件的肇事人有一個共同特徵：家中都有《新耳袋》這本書。

《新耳袋》的銷售成績驚人，經過增刪與修訂，前前後後再版了四次，不過每次改版的編輯都由不同人擔任，據聞第一任編輯在出版該書後隔年二月便完全消失，出版社花了許多時間到處打探，卻再也沒見過他。第二任編輯接手後趕忙修訂並加量印刷，以應付書店大量缺貨的需求，第二版上市沒多久，編輯便被家人發現過勞死在家中書桌前。第三任編輯則是隔年冬天將結束時，帶著女友前往華嚴瀑布自殺。第四任編輯在初夏上班途中不慎摔落電車月台，意外身亡。

不僅出版社狀況連連，更多讀者更投書看完《新耳袋》後身體不適、家中發生意外，或生活出現奇怪情況。扶桑社將《新耳袋》的出版權轉讓後，對怪異事件早有聽聞的新出版社，立即將一百則故事的內容調整為九十九則，並向讀者致歉。

「新的出版社減為九十九則後，自《現代百物語 新耳袋第一夜》一路順利出版到第十夜，正與根岸鎮衛窮其一生彙整了十卷、每卷一百則的耳袋相同，祇是，現今的版本是每夜少一則故事，十夜一共少了十則。」爸爸將之前從行李拿出來的白紙、筆分給大家，一人一張白紙、一枝筆。

大家看看手上的紙筆面面相覷。

「我們一共六人，如果要講足九十九則故事，平均一人負責十六個左右，」爸爸一臉正經，「大家一邊聽別人的故事，一邊想一下有沒有可以講的怪異故事，白紙讓大家記下來免得忘了。每講完一則要記得在白紙上計數。」

姊姊、姊夫、哥哥、楚楚、欣潔，每個人都瞠目結舌看著爸爸。

雖然早在一、兩個小時前爸爸已經宣布，這次的特別活動就是要舉辦一次「耳袋」，但在聽完有關耳袋的各種說法傳聞後，沒人贊成爸爸這個特別活動。

雖說過去固定每年一次到各地度假，幾年下來確實有些缺乏創意，但特地跑來氣氛詭譎的寺廟，大家圍坐成圓圈進行可能不小心講了一百則怪異故事便會發生意外的活動，根本是不智之舉。但也就在此時，每個人心底都冒出了一絲極不起眼的好奇心，那是對可以聽到各式各樣稀奇古怪的故事感到期待的好奇心。

「爸，祇要不到一百則就沒問題，對罷？」姊夫再次確認。

「你還真的配合老爸啊？」

姊姊皺眉拍打姊夫，祇是這聲責備音量不大，反對的意味也不夠濃，感覺姊姊雖然這樣嘮叨姊夫，但自己心裏卻渴望進行這項神祕而刺激的活動。

「除非事前刻意去背，不然一個人記得的故事實在有限。」哥哥說。

「說不定我們這幾個腦子裏奇怪的故事加一加，也才二、三十則，」楚楚補充，「可能更少，我跟欣潔的腦袋太小，裝不多。」

原本緊張、擔心、害怕的心情，一瞬間被眾人的笑聲瓦解了。

由於未來不可能再有相同的度假經驗，大家決定就照著爸爸的意思進行耳袋。

關上燈後的夜晚，室外反而比室內亮，暗暗的藍色自毛玻璃的另一側透著微光。爸爸為了這場特別活動果然準備周詳，竟從行李中拿出蠟燭。

「咦？」姊姊看見蠟燭時疑惑了一下。

「爸的準備好齊全，連蠟燭都有。」

「這蠟燭好眼熟，爸，這是……」

「你果然還記得，這是你國小六年級那年送給媽媽的母親節禮物，你媽之前捨不得用，祇點過一次，這次我特地帶來用。」

楚楚伸手向爸爸接過蠟燭細看。直徑十公分的精油蠟燭整體是奶油乳白色，裝飾用的薰衣草被凝封在蠟燭之中，淡淡透著薰衣草屬於紫色的柔軟香氣。

「啊，對對。原來還在啊。」

爸爸將打火機交給姊姊，讓她點亮蠟燭。

幸虧帶來的蠟燭是外型典雅宜人的精油蠟燭，若是傳統紅白蠟燭，大家恐怕大敲退堂鼓，禁止爸爸繼續進行他精心籌備的特別活動。

雖然這樣說，但大家幾乎是在蠟燭點著的一刻，都不約而同小小騷動起來，有人清喉嚨、有人挪動屁股、有人拿起杯子喝咖啡，大家似乎都覺得搖晃的燭影確實讓氣氛一下子變得詭譎怪異，即便點著的是優雅高貴的精油蠟燭。

「那我先起個頭罷，等等就順著年齡講下去，欣潔幾月生？」

「我？我一月。」

「楚楚三月，比你小，她接在你後頭。」

欣潔看看楚楚，朝爸爸點點頭。

「第一個要講的故事發生在唐朝，唐憲宗元和二年……」爸爸放低音量，席地盤坐的上半身微微前傾，大家眼神閃過一絲警覺性的光芒，專注看著爸爸。

唐憲宗元和二年，一位名叫李璜的甘肅人在申請調職期間，趁空檔每天都在長安城中閒逛。李璜的叔叔正是當時專管鹽鐵稅務的大臣李遜，因此李璜在當地也算小有名氣。

一日他在長安城東邊市場看見一輛牛車停在幾個正在購物侍婢們身邊，李璜不經意朝車內一看，驚訝發現車中坐著一位身穿白色衣服的美麗女人，這個女人非常漂亮，盤於頭頂的烏黑長髮，有些許青絲自鬢角垂下，堪稱絕世美人。僅看了一眼的李璜心生愛慕，便向侍婢打聽。

「我們家少奶奶是袁家小姐，後來嫁給李家少爺，祇是剛嫁過去不多久，李少爺便過世了，少奶奶成了寡婦，一身縞素正是為李少爺守喪，」侍婢接著說，「如今喪期將結束，少奶奶快除服了，因此上街來買點東西。」

李璜一聽是孀婦，心中大喜問，「你們少奶奶能否再嫁？」

侍婢見李璜接連發問，一副迫不及待的模樣，不禁噗哧笑出聲，「這我怎麼會知道呢？」

心中決意要討車中女子歡心的李璜，掏錢幫正在選購錦繡布料的婢女們結帳。大夥兒又驚又喜，將情況向車內的女子報告，而白衣女子要侍婢們轉達，「就算我先向先生您借錢採買，請先生跟我到莊嚴寺左邊的陋居小坐，再將費用還給先生。」

李璜當然樂意之至，雖然天色已黑，但他還是騎著馬慢慢跟在牛車後頭，走了很久，至深夜才抵達女人的家。

車子進了大院停妥後，白衣女人便從車中準備出來，環繞著車子的侍婢們立時圍上去，簇擁著她進屋。趕緊下馬的李璜正想追上前，卻被一名僕人安排在大廳座椅上坐下。

「今晚先生有時間等那些錢麼？不知道先生府上是否有夫人在？若有就請先生先返家，免得發生麻煩，明早再過來取錢，相信也不會太晚。」上前奉茶的僕人問。

「我今晚沒有討錢的打算，而家中也沒有夫人，你為甚麼要拒人於千里之外？」

僕人將李璜的話傳了進去，不久立刻出來告訴李璜，若府上沒有夫人等門，留在此處當然可以，就怕太簡陋讓人見笑。

不久之後，一位侍婢出來請李璜進屋。想到馬上能見到那位美若天仙的女子，李璜匆忙整理衣帽，跟著女婢進到屋內。

一進屋便看見一位上了年紀身穿黃色衣物的女人站在房間中央，她對李璜點頭說，「我是她的阿姨，請先生您稍坐，她馬上出來。」

李璜這時已經毫不在意需要等待多久，祇要能見上白衣女人一面便心甘情願，更何況看這種情況，似乎還能跟對方促膝長聊。

果然不久，車上所見的白衣女人出來了，身上仍是鮮潔的白色素服，將她雪嫩的膚色襯托得吹彈可破、明麗動人；原先頭頂的髮髻已經鬆開，如漆的黑色長髮梳至右側披肩而掛，就像瀑布一般在右胸前潺潺傾瀉。

白衣女人對李璜淺淺點了一個頭，嫻靜優雅地寒暄幾句，舉手投足散發出陣陣迷人的香氣，讓李璜著迷地嗅著。眼前這位女子就像傳說的仙女一般，讓他神魂顛倒，祇不過一下子她便又點著頭翩然進屋。

她離去時，背頸的烏亮秀髮映著桌上燭光，熠熠生輝，讓李璜看得張口結舌。

那位阿姨待女子入內後，從外頭進來坐了下來，她很感激地對李璜說，「承蒙厚愛，先生所買的錦繡實在太美，前些日子她自己上街挑的都不如這些好看，祇是……祇是……」

「阿姨您請說，別把小姪當外人。」

「祇是跟先生借的錢沒辦法馬上還，真教我深深感到不安。」

李璜很客氣地說，「這些粗布讓小姐穿上身也真是為難了，小小東西何足掛齒，幹甚麼老提那幾個錢呢？」

「我那外甥女實在配不上先生您，祇是這幾年家中發生了些事，境況不好，十分窘迫，積欠了人家好些錢，若先生能解囊濟急，老奴願讓我那外甥女在您左右長侍候。」

此話一出，李璜聽了喜出望外，高興極了，立刻派人到附近鹽鐵監務站調了婦人需要的金額。就在錢送達的一刻，廳堂西面的門打開了。備好酒筵的西屋燈火輝煌，那位阿姨請李璜移駕西屋就坐，不一會兒白衣女人改著一套淡青色服飾出來，在鵝黃燭火下更顯嬌媚。

女人要李璜一起向阿姨施禮一拜，然後三人便在七、八位侍婢的服侍下入席。阿姨命人開了一罈女兒紅，這種專為待嫁女兒釀製的珍釀十五年以上才有一罈，珍貴無比。李璜知道這一刻這名女子將成為自己的妻子，心中興奮不已，怎麼想得到明明已經與李少爺結過婚的女人家，為何還留有女兒紅？美酒佳餚，三人喝酒歡談，非常愉快。李璜當夜便在此過夜。

一連三天飲酒作樂、縱情狂歡，李璜快活得想永遠待在此地。

到了第四天，阿姨對他說該回家一趟了，畢竟突然離家這麼久，家人一定著急，若是長輩怪罪可擔當不起。

「你也知道地方，回家一趟再過來就是了。」

李璜覺得阿姨的話甚是，便向女人與阿姨拜別準備回家。

一直在外頭等候的僕人見李璜出來，便趕緊為他備馬，祇是當李璜走近準備上馬時，僕人們都聞到李璜身上有股薰鼻的腥臭味，紛紛忍不住摀住鼻子，祇是因為急著趕路，加上身分懸殊，僕人們都並未過問。

到家後家人便問他這幾日去了何處，但李璜支支吾吾，未據實相告。這時李璜一陣暈眩，覺得頭重腳輕想上床小睡一陣。李璜的妻子跟進臥房對他說，「你調官的事已經成了，昨天該去交接的，也不知你去了哪，祇好請我二哥代你先把交接事宜辦了。」

李璜深感歉意，不斷對妻子道歉，就在此時妻子的二哥回來，一見李璜便責怪他正事不做，差點誤了周旋很久的調官大事，並問他這幾天去了哪。此時，李璜突然覺得自己神智恍惚，想說話，舌頭卻不受控制，語無倫次地對妻子說，「糟糕了，我恐怕要死了。」

嘴中斷斷續續發出奇怪的聲音，李璜的手掙扎指著棉被。

他的妻子順勢將被子掀起來一看，祇見他的下半身在棉被中已化成一灘水。

他的妻子大驚失色，尖叫聲引來府上所有人，大家看到眼前的景象無不驚駭得瞠目結舌，都怔在床邊。

李璜的妻子與二哥喚來陪李璜出門的僕人，一問之下，僕人才將這幾天的遭遇跟大家說了。

當所有人趕至李璜待了三日三夜的老屋時發現，已是廢墟的老宅院子中有棵空心的皂莢樹，樹上掛有十五千錢、樹根處也擺了十五千錢，其他便空空蕩蕩，甚麼也沒瞧見。附近居民說這棵樹上常掛有一條很大的白蛇，大家都不太敢靠近。

這時，李璜的家人們才知道李璜去的袁姓人家，原來是那棵空心的大樹，當僕人在樹心底發現一團女人的頭髮時，那烏黑的髮絲還閃著光澤。

「嘖，嘖嘖。」聽完後大家沉默了幾秒鐘，姊夫咂嘴表示不可置信。

「在座年紀第二大的，」爸爸朝姊夫抬了抬下巴，然後拿起咖啡啜一小口，「別嘖，換你。」

「我還沒想好，可不可以先跳過？」

「那我也還沒想好，跳過。」姊姊馬上接口。

「我，再等一下。」哥哥認真說。

欣潔一聽，錯愕地張大眼睛看看姊姊、爸爸，然後楚楚。因為一旦跳過，便立刻輪到欣潔。

「不能跳過，你第一天當我女婿麼？接著講，」爸爸搖搖手指，「其他人一邊想，想到的就寫在紙上。」

姊姊笑了一聲，雖然連忙用手摀住嘴，但幸災樂禍的氣氛還是自手指縫溜了出來。姊夫擠眉弄眼，絞盡腦汁終於開口講了一個當兵時連長父親的故事。

民國初年，連長的父親張逢，被外派烏魯木齊擔任駐地官員，當時的烏魯木齊尚稱迪化，屬於中國邊關的重要進出口，張逢的責任便是堅守關口，掌握進出人員。

剛到任的張逢毫不熟悉當地民俗，覺得邊疆一切陌生新奇。有一天，張逢屬下的軍官煞有其事地準備幾十份通行證請他核可判行。軍官說，「凡是客死此地的人，送棺回鄉時照例都要發一張通行證，否則亡魂無法通關。」

由於是向冥府發的行文，因此不用紅筆朱批，上頭壓印的官防也改用黑色的墨印，上頭寫著：為給照事，照得〇〇處〇〇〇人，年〇歲，以〇年〇月〇日〇〇處亡故，今親屬搬柩歸籍，合行給照，為此牌仰沿路把守關隘鬼卒，即將該魂驗實放行，毋得勒索留滯，致干未便。意思是某人身亡後，家人移靈回故鄉，由於已向陽世的關口官員領有通行證，陰間的守關鬼應該遵循此通行證予以放行，讓亡魂能隨著遺體回鄉，切勿扣留，如不遵守將嚴厲懲處。

看到公文，張逢覺得那衹是文案課的人想向老百姓坑錢的鬼把戲，當下便命將軍破除這個陋俗。當時那名將軍張口結舌看著張逢，但畢竟是自己的頂頭上司，將軍硬是把到口的話吞了下去。

十天後軍政課的人說在城西的公墓聽到鬼哭，當晚餐桌上大家議論紛紛，張逢隱約聽見下屬討論的內容是，沒有通行證不能回鄉的亡魂在哭叫，便起身訓斥，「胡鬧，你們在想甚麼，難道我不清楚？」

張逢衹當這些人想錢想瘋了，甚麼方法都能用來坑挖民脂民膏，雖不點破，但張逢認為這樣的嚇阻應該有用。

不料十天後他下班步行經過市集想挑些水果回家時，聽到居民說鬼哭已經進城了。「我也有聽到，原本衹在城郊，這一兩天居然近得像在隔壁巷子，好可怕。」婦人壓低嗓門說完，另一位婦人掩著嘴接話，「是真的哭進城來了，昨晚我兒子鬧整晚，全家根本睡不著。」

聽著居民談論，張逢心中納悶，難不成真有這樣的事？

由於他就任前，早聽聞此地天高皇帝遠，中央政府鞭長莫及，種種不合法的勾當甚囂塵上，因此心中認定是裝神弄鬼的斂財手段，更不想去理會單位裏頭流傳那些鬼哭的原因是他不發通行證而導致的指責。

終於，奇怪的事發生了。

十多天後，張逢聽見住所牆外出現異常的聲音。

一開始他以為是文案課的人在搞鬼，未加以理會，沒想到過了數天，怪聲居然到窗外。那個晚上月明如晝，關上燈，室外還比室內明亮。

張逢批完公文正打算喝個茶休息便就寢時，竟然聽到窗外牆下細微的哭聲，像是受了委屈又無人可以投訴，抽抽答答哭個沒完。

張逢推開窗想看看是甚麼人在牆下，沒想到向來可以輕鬆推開的木框窗戶竟卡住，用力推了幾次仍無法順利推開。張逢的臉緊緊貼著玻璃朝下看，但因角度問題，他甚麼也看不到，不過耳中的哭聲卻愈來愈大、愈來愈清晰，而且由原本含冤受屈的哭法，轉成怨恨的鬼叫。

猛然抬頭，玻璃上印著發出鬼叫的東西，那是低著頭的髮心正中央直接壓在玻璃上，長長的黑色頭髮垂下來遮住五官。

張逢順著長髮往下再看，卻不見身軀。

他驚訝地往後退幾步，雖然嚇了一跳，但卻立刻鎮定心神，大口喘著氣。向來正直理性、無所虧欠的張逢並不相信陰魂鬼怪，就在他壯起膽子想再瞧個仔細時，窗外甚麼也沒有了。

後來別單位的同期同學勸說，「你站在理字上，那些說你霸道不簽通行證的人自然拿你沒辦法，祇是這陣子鬼哭大家都聽見，拿不到通行證，也算是冤屈，你不妨發看看，若是發了通行證還是夜夜鬼叫，那就可以反駁你單位上那些背地說嘴的人。」

同學當然不知道張逢曾在自家住所窗上看到頭髮的事，祇是情理上勸勸。張逢想想有理，便勉強答應了，奇怪的是，從那之後竟夜夜寂然無事。

一年後張逢調職甘肅，臨行前整理住所時發現，木框窗戶的外側一個不起眼的角落邊，居然卡著一撮光澤黝亮的長髮。

就這樣，故事一個接著一個說下去，所有人按著年齡講述聽來的、看來的、自己發生的怪異故事，並且小心謹慎地在手上白紙的角落記下數量，每隔一段時間，爸爸便會累加統計，以便在第九十九則的時候結束活動。

「看來大家都講了十六則了，」爸爸抬頭看看掛鐘，皺了眉頭，再看看手表，「是不是還剩最後一個人沒講？」

「爸，我十七則？」姊夫吃驚大叫。

「別緊張，別緊張，我有在算，你跟我都是十七則，目前一共九十八則，姊姊說完正好九十九。」

「太好了，姊你說個短一點的，現在都……」楚楚看了牆壁掛鐘，「啊，才十點？」

「那鐘壞了，現在快一點半。」哥哥看著腕表說。

幾個小時的怪異故事聽下來，大家不僅身體疲憊，腦子也似乎降速運作，大家不由自主打了哈欠、揉著眼睛，也因為這樣，一開始的恐怖氣氛似乎減低不少。

欣潔靠在楚楚肩上，雖然相當疲倦，但一個個精采的怪異故事讓她依舊睜大眼睛等著聽。

「你們知道台灣最有名的鬼是誰？」姊姊問。

「泰國是幽魂娜娜、日本是貞子，那台灣呢？」

是林投姊。

清朝末年台南發生的三大奇案，林投姊、摃籃假燒金、陳守娘顯靈，至今仍是台灣人腦海中印象最深的靈異故事，因為這三樁故事真有其人、其事、其地，之中又以林投姊最為轟動。

清朝末年在台南赤崁樓西南處，寡婦李招娘獨立撫養著三名幼子，她的丈夫在渡海前往大陸經商的途中，船遇風浪而落海死亡，所幸留下的一大筆遺產使李招娘生活無虞。

她丈夫生前的好友周亞思在處理後事的期間，幫了李招娘不少忙，鄰里街坊都能看得出，經常來她住處走動的周亞思，其實有意娶這位擁有一頭烏黑漂亮長髮及大筆遺產的李招娘。

李招娘對周亞思心存感激，加上三個孩子的確需要一個父親，一日，在周亞思對她立下「若把你遺棄，願受天罰」的誓言後，李招娘決定嫁給他，而她原先擁有的大筆遺產也轉交給周亞思。

祇是沒想到，周亞思之所以處心積慮娶她，純粹為了好友的遺產。他將所有財產換購成樟腦、紅糖，暴利賣往香港，並在所有款項收齊後回汕頭老家另娶新妻。

身無分文的李招娘痴痴等待周亞思經商回台，但早已遺棄一妻三子的他，已經達到最初結婚的目地，如何是不可能返台了。

失去丈夫音訊，前夫的遺產也被完全掏空的情況下，李招娘的生活陷入絕境，那年冬天兩個孩子凍餓而死，走投無路的她最後在一個大雨的夜晚親手掐死了最小的孩子，然後自己在林投樹上吊自殺。

從那時開始，出現了林投樹林附近經常有女鬼出沒的說法，附近居民不僅深夜看見李招娘披頭散髮在林投樹中徘徊，更會向肉粽攤車買肉粽，而隔日錢盒中的錢變成冥紙更證明李招娘死後心有不甘，成了作祟村里的厲鬼。

居民為了地方上的安寧，祇好大家募款蓋祠，並尊稱李招娘為林投姊。祇是李招娘的怨恨並非蓋廟便能消除，地方上雖然不再有女鬼出沒，但街坊都知道李招娘的冤魂還盤據著。

大約是冬天剛過的一個傍晚，一位來自汕頭的算命師因大雨而躲進李招娘的祠堂，李招娘的亡魂現身將自己的身世源源本本告訴算命師，請他幫忙報仇。

「我祇是一位批命看相的人罷了，有何能耐幫你？」算命師不想與這件事扯上關係，但自己也知道，今日進了林投姊的祠，就是命中注定得幫助她。

於是算命師答應為她刻一塊神主牌，藏於黑傘內，帶她的亡魂坐船渡過當時稱為黑水溝的台灣海峽。

到了汕頭，李招娘靠著算命師尋到周亞思的宅邸，並在他次子彌月的當日現身。周亞思見到李招娘的冤魂出現，大驚失色，整個人隨即瘋癲失常，又哭又笑、喃喃自責，最後拿起菜刀將自己的妻子、兩名幼子砍成肉塊，然後自殺。

「現在到台南民族路的新光三越百貨附近，還能看到小小間、用白磁磚蓋起來的林投姊的廟，」姊姊補充，「而當時她自殺上吊的林投樹，大約就是在現在民族路一段的位置。」

「姊姊，這都是真實的？」欣潔吐舌頭問。

姊姊點點頭，然後拿起筆在她已經畫有三個「正」字記號又多一橫的白紙上，畫下第十七畫。

「林投姊的故事我也有聽同學說過，老師也講過，後來很多鬼故事裏頭真錢變冥紙，好像就是從這裏起源的，」楚楚做了一個害怕打顫的表情，「睡覺前要先尿尿。」

拖著疲憊的身體，楚楚搶先第一個出房間，雖然連聽九十九則精采的故事後心情亢奮，但隨時可以倒頭就睡的她，恨不得趕緊漱洗完畢上床呼呼大睡。

就在她打開門，頭昏腦脹踏出右腳的一瞬間，她竟完全忘了這個房間的高度比走廊多了大約十五公分，也就是說當她右腳往門外一踩的同時，踏空了。

一瞬間，楚楚整個人往前撲倒，摔在地上的聲音響遍淨法寺。楚楚立刻暈了過去。

幾分鐘後，楚楚在摔倒的地方醒來，膝蓋與手掌痛得不得了。也許因為整個人還昏昏沉沉，她並未想到大家怎會任由她倒臥在走廊；或是昏倒的時間僅僅一瞬，其他人尚未發現。

搓揉著疼痛的部位，楚楚慢慢走過迴廊朝洗手間前進。

從房間到廁所的迴廊走道會先沿著房間的牆面，經過那扇老舊無法使用的窗戶，再沿著一排矮灌木叢，才能抵達建築物最後端的洗手間。灌木叢那段路算半露天，像學校的走廊，雨勢大些便會潑打進來的半遮屋簷，將不算深黑的天色剖成一半。

正當楚楚納悶為何天色如此明亮不像凌晨一點的深夜時，一輛休旅車駛進了車道。原來灌木矮叢隔著的另一側便是淨法寺的前庭，也就是爸爸晚上停車的地方。

這輛休旅車停妥後，熄上車頭燈，魚貫下來幾個遊客，大家吱吱喳喳的談話聲在楚楚聽來，的確打擾了深夜的寧靜。

「晚點再讓他跟你解說，我們先把東西拿進去罷，天色都暗了。」一個熟悉的女人聲音說。

被好奇心驅使的楚楚離開迴廊，靠近灌木矮叢，想透過葉縫瞧瞧怎麼會有人這麼晚來寺廟投宿。不看還好，一看不得了。與爸爸相同的一輛黑色九人座休旅車正停在車道上，拉開的車門走下與姊姊、欣潔長相一模一樣的兩個女人，然後是長得與姊夫、爸爸、哥哥一樣的人們。

楚楚看傻了。

「爸，我們今晚睡這裏？」

楚楚眼中看到的假楚楚，背對著楚楚四下張望著，被假哥哥的嗓音嚇一跳。

「這該不會就是『特別行程』罷？」原來剛剛熟悉的女人聲音，正是眼前這個假姊姊的嗓音，難怪楚楚一開始聽見，感到異常熟悉。

「欣潔，欣潔，你有沒有感覺……好像有人在看我們。」

眼前的假楚楚話說完，真楚楚的雞皮疙瘩全站了起來，然後她看見假欣潔靠了過去，緊挽著假楚楚手臂不發一語。

一陣莫名的恐懼湧上心頭，楚楚跌坐地面，這是怎麼回事？這不是幾個小時前我們抵達淨法寺的情況麼？為甚麼會在眼前重播？就像錄了棒球比賽的影帶，每到二十八分四十七秒時擊出的全壘打，無論播放幾遍都會在二十八分四十七秒時擊出全壘打。

眼前的一切即是剛剛自己與家人的重演，祇是現在到底幾點？是剛抵達時的七、八點？還是切切實實的深夜凌晨一點鐘？難道是時光倒流？楚楚回到了幾個小時前？

「祇是，我在這裏，眼前的假楚楚又是誰？」

楚楚感覺糟透了，而且剛剛摔傷的部位依舊疼痛，像是提醒她目前發生的一切「是真的」，並非夢境。

一行人按了灰色鐵捲門旁的門鈴，一起進入廟中；顏色死沉沉的鐵捲門又嘩啦啦降下，將真楚楚阻隔在快速天黑的戶外。

按照時間，再過不久他們便會進入偏間，楚楚慌了起來，她想到爸爸、姊姊都在房間，若眼前全是真的，大夥兒不發瘋才怪，但楚楚隨即又想到，不對，一個人怎麼可能同時間出現在不同地點？雖然剛才透過灌木叢的確看見了另一個楚楚，但天色昏暗的情況下，甚麼都有可能看走眼，她決定繞回去看個究竟。

沿著走道迴廊返回房間，楚楚的步伐既緩慢又笨重，她覺得自己隨時都會被嚇出心臟病，小小腦袋瓜快速思考著，這六個人如何也不可能是真實的那六個人，因為幾分鐘前自己離開房間準備上廁所時，爸爸、姊姊、姊夫、哥哥、欣潔都還在房裏……

「啊，他們該不會聯合起來裝神弄鬼嚇我罷？」

一想到這樣的可能性，心情頓時輕鬆許多，祇是他們為甚麼這麼做？這該不會就是爸爸說的「特殊活動」罷。楚楚原本困惑的心情突然變得又氣又好笑，心想，「他們還得找一個人假扮我耶。」

返回迴廊上的玻璃窗戶前，楚楚想偷開窗縫一看究竟，順便反過來嚇嚇大家，卻想到這扇窗子早已卡死無法使用，而且再過去一點便是房間的房門。

楚楚突然感到一股強烈恐懼，直覺並非單純惡作劇，她害怕地靠著走廊牆壁深呼吸，想著學校老師說過，比賽考試或登台表演若是緊張，可以深呼吸、喘口氣，緩和情緒。楚楚大口大口地吸氣，想到也許能繞到另一頭的戶外窗戶試試，那裏的窗戶能正常開關，祇要一點細縫，楚楚便能瞧清楚這是怎麼回事。

心中有了打算，精神為之一振，楚楚馬上離開迴廊走道，踩進種滿庭園短草的院子裏，找路繞至另一頭窗口。

雖然彎著身、小跑步，就像電影裏頭執行祕密任務的帥氣女特務，但其實楚楚心裏怕得快哭，到了窗戶那頭又能如何？這一切為何發生？在楚楚腦中祇像一團爛泥無解，也無從可解，祇能走一步算一步，至少要知道怎麼回事。

房間另一扇窗戶面對的便是戶外，天色由剛才的半亮瞬間轉為全黑，窗外面對的矮灌木讓夜色顯得更黑、更暗。楚楚弓背縮頭，躡手躡腳、小心翼翼靠著矮灌木慢慢靠近窗戶。

突然，楚楚腳下傳來異樣的觸感，一直走在堅硬地面的腳，像是踩到甚麼柔軟的東西，她嚇一跳。

隨之而來是震耳欲聾的貓叫，淒厲尖銳，像劃破空氣刺進心裏。楚楚瞬間停了呼吸，差點也跟著尖叫。

一隻貓由她右腳下掙脫翻身，往灌木叢中竄溜奔逃。

貓叫？

楚楚立刻想到他們一夥人進到房間後，哥哥查看衣櫃時所有人都聽見的貓叫聲，難不成正是自己造成的？

以前楚楚聽過不少關於時光倒轉的故事，特別是那種因此改變了情侶關係的浪漫電影，或是扭轉命運讓自己從此順遂亨通的勵志影片，那些確實格外教人嚮往，但這一刻，她突然不羨慕電影中能回到過去、改變現況、扭轉未來的主角們，站在窗戶前吹風、踩貓咪，顯然不是一件浪漫的事，而且此時此刻的楚楚並不想改變好端端的過去，祇想停止現在發生的一切，畢竟前一刻全家人不是還好好地窩在一起講鬼故事麼？

握緊拳頭的楚楚舉起手臂，用肩膀擦了眼淚還有流到嘴巴的鼻涕，聚精會神地想，再過不久哥哥便會打開窗戶，她有短暫的時間能看見屋內，包括印象中，當時會面對著窗戶的楚楚。

不知為甚麼，楚楚直覺祇要能瞧清楚假楚楚，便能解開現下這個讓人困惑萬分的謎團。祇是那又如何？楚楚不敢確定，因為即便似乎明白了這一連串令她錯愕、困惑的現況，也改變不了湧現心頭的預感，那是不吉祥的預感。

毛玻璃窗戶透出屋內慘白的日光燈光線，一個身影靠了上來，伸手準備將窗戶推開。

楚楚一見，便全神貫注盯著窗戶縫瞧，腦中瞬間閃過幾個鐘頭前屋內的景象，爸爸與姊姊站在棉被櫃附近、楚楚與欣潔站在靠近門邊不遠的位置、姊夫則在房間中心點，而哥哥已關上櫥櫃，試過了另一扇封死的窗戶，正準備打開這扇對著戶外的窗戶。

「哥，別開，關著就關著。」

楚楚聽見清晰的自己的聲音。

「開一點啊，空氣不流通，廟裏檀香的味道好濃，頭都暈了。」

姊姊的話讓哥哥一用力，打開了窗戶。

啊。

有時人類的恐懼不一定來自害怕或不安，更多的恐懼是疑惑與不解所引起。開窗的瞬間，楚楚看到了在房內的那位楚楚。

對楚楚十歲的小小心靈而言，這樣劇烈的衝擊不僅過去不曾經歷，未來大概也不會有機會遇上。

她的腦海中，那個再熟悉不過的身影立刻與眼前這位楚楚比對，雖然祇有一瞬間，但也足夠讓楚楚認清楚眼前的女人。

是媽媽。

驚訝之餘，直覺帶領著楚楚的身軀快速鑽進左邊的灌木叢堆中。

「啊，啊，甚麼東西，那邊有東西。」假楚楚的聲音清楚傳進楚楚耳裏，無論尖叫聲，或是說話聲，的確與楚楚無絲毫差異。

開窗雖然祇有一瞬間，楚楚仍將對方的面孔瞧了清楚，正是從小到大，看到都能閉著眼畫出來的媽媽照片上的臉孔，加上那一頭及膝長髮。

「你不知道喔，媽媽的長髮都快到膝蓋了。」

「祇有到屁股啊，跟我現在一樣長。」

「因為媽後來都不拍照了，不然我記得最長到了膝蓋。」

鑽進灌木叢後，楚楚一動也不敢動地想著過去姊姊給她看的媽媽照片，回憶姊姊描述媽媽的一頭長髮。

眼前這個假楚楚，不僅五官與照片中的媽媽一模一樣，那及膝的長髮黑黝黝閃著日光燈投射的亮澤，深深印在剛剛那一瞬間開窗時楚楚驚恐的眼中。

為甚麼已經過世的媽媽會冒充楚楚？媽媽扮成楚楚為了甚麼？為甚麼大家似乎沒有發覺房中的楚楚其實不是楚楚？大家知道真正的楚楚其實在屋外麼？

一連串的疑惑與無助，讓躲在灌木叢中不敢動彈的楚楚哭了。

窗戶斷斷續續傳來爸爸、姊姊、姊夫、哥哥、楚楚、欣潔的笑鬧聲，楚楚壓低聲音暗自啜泣，深怕哭聲被大家聽到，因為楚楚已經沒辦法分辨這些人是不是自己的家人，為甚麼連長相、髮長差異這麼多的假楚楚，都沒被發現？

嗅著泡麵香氣，楚楚伏在樹叢中強忍著由腹部擴大的飢餓感。她一邊嚥著口水，一邊慢慢從樹叢中爬回窗邊。

「除了抄寫的耳袋，江戶時期人們流行一種稱為『百物語』的恐怖遊戲，在《伽婢子》一書中就詳細記載了進行百物語的方法，」爸爸的聲音清楚傳來，「進行百物語的人一律穿著青色衣服，並聚集在同一個全黑的房間中。這個房間的隔壁，備有用藍色紙糊成的燈籠，裏頭添滿足夠的燈油。燈籠一旁，則點亮了一百支並排在一起的蠟燭；此外燈籠旁邊另有一張小木桌，上頭擺放比人臉大的鏡子。」

「這樣的布置光聽就很可怕啊。」

「不然你想怎麼會成為江戶時代最熱門的遊戲？基本上，每個人說完了一個怪談後，便必須摸黑走到隔壁點著燈籠的房間，將一支蠟燭吹熄，然後照一下鏡子，才能再摸黑回到眾人聚集的房間，換下一個人講怪談。直到說完第九十九則怪異故事，正好剩下最後一支蠟燭，便留著它燃燒，大家則是繼續圍坐著等天亮，天亮便能解散回家。」

「所以吹熄蠟燭的舉動，正好也能為他們算數量？」哥哥說。

數量？快速閃過楚楚腦海的是幾個小時前，大家小心翼翼捏在手中，右上角用筆畫著正字記號的白紙，那是爸爸特地為大家準備用來計數的工具，每人一講完怪談便在紙上記下，一段時間加總統計，功能就像被吹熄的蠟燭，因為自古至今，大家都知道千萬不能說滿一百則，到了一百則一定會發生怪異的事。

「難道我們說滿了一百則？所以我才會發生這樣的怪事？」窗邊的楚楚一經推想，全身打了個哆嗦，這樣的邏輯最合理，否則實在很難解釋自己為甚麼時光逆轉，並且旁觀一連串已經經歷過的事。

「啊，爸別說了啦，你們有沒有感覺到，好像有人在看我們。」

假楚楚，不，應該稱媽媽，她的聲音自窗中傳來，聽起來就像楚楚之前說這句話被錄了音，現在不過是按鍵重播罷了。

一百則便會發生怪事，一百則便會發生怪事，是啊，一百則便會發生怪事。

但在爸爸的計算下，剛才明明結束在姊姊說完第九十九則林投姊的時候，之後楚楚便搶著要先上廁所漱洗準備睡覺，然後從此刻開始，難以解釋的怪現象便快速雜亂地朝楚楚席捲而來。

大家手上的白紙個別記著數量，加上採用輪流回合制，一個說完接一個說，不允許跳號、過號，依爸爸的計算，六個人每人應該都講了十六則，而爸爸、姊夫、姊姊講了十七則，如此便達成九十九則。但若是有些故事被說出來時，沒有計數，很可能老早就破百，而姊姊說的林投姊，壓根不是第九十九則。

「第三個版本的耳袋也是補足了一百則故事，然後發生不幸？」窗裏傳來哥哥的聲音提醒了楚楚，這時爸爸在解說過去耳袋湊滿一百則會發生不幸的實例。

楚楚突然豁然開朗，摀住嘴忍著尖叫。

原來早在爸爸開始第一則故事前，他所說三個耳袋版本，以及一個現今耳袋的怪異事件，便已被計算進今晚的耳袋活動中，簡單來說，截至姊姊最後所說的林投姊，今晚大家總共說了一百零三則怪談。

「要命，一百則會發生怪事，我們講了一百零三則，還能找零就是了。」也許因為心中已經確定大難臨頭，楚楚竟然還能開起玩笑。

當然，在她小小心中盤算的是，祇要能提早讓大家察覺已滿九十九則，活動自然就會結束。

最簡單的方式是在三個人的紙上各畫下一筆，畢竟一人十六則，到後來誰實實在在說了幾則，大夥兒早已頭昏腦脹，若依著紙上所記，再經爸爸盤點加總，自然會提前三則結束，也就是正確讓活動在九十九則時畫下句點。

楚楚記得，在這個大約進行了四、五個鐘頭的活動中途有兩次廁所時間，而第二次除了楚楚一個人之外，每個人都離開房間去了廁所。

她再仔細回想，第一次去洗手間的人似乎有姊姊、欣潔、楚楚，而房間其他人則一邊閒聊一邊整理茶杯，大家精神都還不錯，若楚楚想趁大家不在時溜進去竄改故事數量，第二次廁所時間絕對較第一次好。祇是第二次，楚楚將會有可能跟「媽媽」面對面。

「媽媽……」

楚楚想到自己出生時，媽媽便因難產過世，如同許多流浪兒未曾見過媽媽的模樣，有的也祇是一張張泛黃蟲蛀的老照片。

姊姊好幾次拿出成疊的相簿一頁頁向楚楚解說，這張是植物園、那張剛搬了新家，無論場景如何，相簿中媽媽都是一頭如瀑的黑色長髮，若是在陽光下，髮絲更閃閃動人。她不止一次渴望能親眼瞧瞧媽媽，瞧瞧大家口中與自己同樣長髮飄逸的媽媽。

祇是現在，楚楚感到莫名恐懼，眼底深刻烙著先前一開窗瞥見的及膝長髮，以及對方似乎一閃即逝的灼熱目光，緊盯著楚楚，即便當時楚楚緊急竄入左手邊的矮灌木中，但仍能感受對方、那位媽媽充滿恨意與哀怨的眼神。那是天下的媽媽都會有的眼神？

楚楚心中感到悲痛，更感覺害怕。十年來第一次遇見媽媽，竟是如此荒誕詭異的情況。

她背靠牆慢慢蹲下，以雙手緊緊環抱大小腿，想到再過一、兩個小時，第二次廁所時間一到，她便要推開窗進房，在大家的白紙上畫下計數，這時「媽媽」一定會與她打照面。

那個以仇恨之眼凝視楚楚的人，絕對不是媽媽，絕不可能是。

就這樣，隨著時間慢慢逼近，小小腦袋瓜翻來覆去的速度逐漸加快，心跳也加快，就像倒數時間準備上戰場的士兵，這一刻除了數秒數，啥也做不了。

「等等，停一下停一下，上個廁所。」姊夫的聲音。

「我也是，」聽得見姊姊手撐地板，掙扎起身的悶哼，「你們不一起尿一尿？」

接著是其他人陸續應和聲，還有清晰的自己的聲音：「我還不想上，你們去罷。」

地板紛亂出房的腳步聲瞬間歸於平靜。

就是現在。

楚楚深吸一口氣，唰地站起身，左掌扳緊窗框，用力推開。

站在房間中央背對楚楚的女人，果然有著一頭到達膝蓋的烏黑長髮。奇特的髮絲像印象中布莊的綾羅綢緞，在屋內慘白的日光燈下緩緩波動著，如同有風輕吹，優雅規律晃動著。楚楚不自覺伸手至後腦撫摸自己的頭髮。

「終於見到了？」

女人背著楚楚，用另一種聲音幽幽地說，就像早料到楚楚會來。

「你是誰？」

「我是你媽媽啊，怎麼？雖然沒見過，但也看過照片不是？」

「這是怎麼回事？你為甚麼要冒充我？」

雖然楚楚沒聽過媽媽真正的聲音，但她感覺眼前這個一直背對她說話的女人肯定不是媽媽，從她的背影望去，祇能感覺到仇恨與憤怒，其中還夾帶著貪婪與欲望，赤裸裸而且無止盡。

楚楚咬著牙，雙眼緊盯著女人波浪一般的黑髮，黑髮緩緩波動著，像被風吹皺輕輕搖晃的湖水，虛幻得如同菜市場賣的電動風景畫中祇要插上電便潺潺流動的瀑布，假得不得了。

「我們都有漂亮的頭髮，像葡萄藤蔓一般繫滿了星星的頭髮，多難得啊，」女人仰頭笑了起來，然後慢慢轉過身，「你看，我們母女所擁有的，不正是人人稱羨的麼？雖然有一點點不同，一點點的不同，但不要緊，媽媽知道再不久，我們便能一模一樣了。」

轉過身的女人長相，就像以前姊姊拿給楚楚看的照片，鵝蛋臉型的豐腴下巴、精緻弧線的小巧耳朵、輕掃淺綠的月彎眉毛、杏核圓溜的慧黠眼睛，全在細緻粉嫩的肌膚上巧妙優雅地排列著。

祇是，這一切僅止左半臉。

右半臉則血淋淋地暴露著臉部肌肉纖維，皮膚像道路施工換完電纜後卻忘了敷上柏油的未完工程，隨著女人一語一笑，肌肉束縫間便崩出血來，滴滴答答往下滑落。也許因為少了皮膚束縛，右眼球無所適從地掛在眼眶邊，女人每說兩句話，便用手背像推眼鏡那樣推著眼球，然後再順手按撫著右半腦袋上幾乎滑落，與左半濃密髮絲形成強烈對比的血肉頭皮。

「你不可能是我媽媽。」

楚楚堅毅搖頭、斬釘截鐵地說。

「真的是媽媽啊，寶貝，還是你覺得我們不像其他母女，少了血乳交融？啊，淘氣的小東西，真是淘氣，」女人自憐地順了順右肩上空蕩蕩甚麼都沒有憑空想像出來的披肩黑髮，「瞧瞧你柔軟滑順的髮絲，這或許是你給媽媽最好的見面禮呢。」

女人一路順著憑空幻想的長髮，過肩、胸、腰、膝，然後做了一個髮長至小腿的撫摸動作，似乎正幻想著再過不久，頭髮便能再生長至小腿。

「你該不會……」楚楚聲音顫抖。

「呵呵，吃了你麼？我的寶貝一點也沒遺傳我的睿智啊，你那一頭漂亮的頭髮，媽媽怎麼捨得，怎麼捨得？不過若是能用刀片輕輕從額頭這裏，滋，割上一刀，便能整張頭皮，連帶你那難能可貴的長髮，一起為媽媽右邊的落髮增添一些青春的氣息，喔，多麼美好的血乳交融呵，母女連心。」

楚楚一邊聽著女人歇斯底里的瘋狂幻想，一邊想著去廁所的爸爸等人何時才能回來，也許那是唯一得救的可能——爸爸、姊姊、姊夫、哥哥、欣潔推門進來，發現假楚楚，解救真楚楚……祇是剛剛這麼長一段時間眾人都沒有察覺假楚楚，現在又如何能辨識真楚楚？

「你說你是我媽媽？」

女人一聽楚楚的疑問，撐開一半典雅優美的紅唇、一半裹血模糊的牙齦齒肉，笑出一個理所當然、昭然若揭。

「那還用說？你自然是媽媽的心肝寶貝，這些年真苦了你，媽媽答應你，今後我們形影相隨、不分不離。」

「你不可能是我媽媽，絕不可能。」突然楚楚想起有個祕密，能證實眼前女人是不是真的媽媽，「你如果是我媽媽，就告訴我，當初幫我取了甚麼名字？」

話一出口，楚楚心中閃過一陣痛快。

姊姊曾告訴楚楚自己名字的由來，女人肯定不是媽媽，她一定不知道這個祕密的名字，揭露真相的情況下，說不定能將她擊退。

「取甚麼名字？楚楚不是麼？大夥兒都叫你楚楚……哼，俗不可耐又幼稚的疊字名字。」最後一句幾乎是耳語的音量。

楚楚搖搖頭。看著女人臉上閃過一絲焦慮的神情，突然覺得這麼做或許真的能讓自己脫困。她的確不知道媽媽為自己取的祕密名字。

「不是楚楚？那是甚麼？說啊，說啊，除了楚楚，他們還叫你甚麼？珊蒂？小曼？公主？寶貝？你自個兒說是甚麼，不是楚楚啊，還有甚麼名字適合你這個毛頭小妮子？」

女人時而咆哮、時而呢喃，像對著楚楚說，又像對著空氣中漂浮的幽靈說。

她及膝的長髮因為來回焦躁踱步而散亂揚起；左手扯拉長髮後，換右手抓撓頭皮，然後低頭微顫檢視指甲中卡黏的血紅皮屑，一聲暴怒尖叫，看得出女人因思索楚楚的祕密名字逐漸崩潰瘋狂。

雖然眼見這場戰鬥楚楚即將勝出，但奇怪的、隱晦的不祥預感依舊盤旋在心頭。楚楚不敢大意。

「好，就算不是你媽媽，我依舊能吃了你不是麼？最多就是把你一塊塊、一根根嚼爛下肚後，再來慢慢料理你的頭髮，這樣更好，我還能飽餐一頓。瞧你的模樣，嚼起來肯定卡滋卡滋作響。」

女人不再左右來回踱步了，她陡直朝著楚楚走來，披垂於左肩的黑髮隨著一步步，而晃動亮澤，充滿魔法一般的長髮，讓楚楚看傻了眼，那映有日光燈夢幻光線的髮絲像母親溫暖的手，輕輕撫順了楚楚恐懼的心。

一明一滅、一閃一現，秀髮上的光芒讓楚楚全身酥軟，心中竟期待女人趕緊來到眼前。

「是這樣啊，嚼起來卡滋作響，是這樣啊。」

站在楚楚面前的女人有著自己的身形、及膝的長髮，與媽媽相片中一模一樣的笑容。她緩緩捧起跌坐地上的楚楚的食指，按在自己唇上，就像比了一個「噓」的手勢。

啊，像想起甚麼，楚楚從深陷的虛無感中拚命掙扎著微弱的意識。

沒改耳袋的數量。

一百則便會發生怪事，一百則便會發生怪事，是啊，一百則便會發生怪事。

女人張開嘴嚼下楚楚的食指。

喀。

天還沒亮，楚楚便睜開眼盯著房間被爸爸漆成粉藍色的天花板。清晨冷空氣自窗外透了進來，楚楚用力吸著冷空氣，她很訝異自己今天居然不用鬧鐘便像鍋子裏的蛤蜊一樣，啵啵地張開雙眼，而且是完全意識清楚地睜開雙眼，絲毫沒有過去打瞌睡、賴床、睡眼惺忪等情況，因為她清楚記得，今天是爸爸帶全家大小還有同學欣潔一起出遊的日子。迫不及待出發的楚楚，一骨碌便掀開棉被翻身下床。

「呼，好險。」

床頭櫃上差點摔在地板的鬧鐘，讓楚楚一把抓住。她皺著眉頭將因起床動作掃落的鬧鐘放回櫃子上，同時撥理頭髮，祇是動作逐漸慢了下來，楚楚突然有種不祥的預感，現在的一切如此熟悉，像早已經歷過，卻被困住一般，準備再播放一遍。

乳海攪拌

周四第二堂課足足晚了八分鐘才下課，張原海換好體育服回教室時，依舊頭昏腦脹，他一度想躲在廁所偷睡覺，不去上三、四堂的體育課。

可能是因為腦袋瓜被上一堂歷史課的印度故事塞滿，張原海走回座位，一時不留神，竟撞倒了隔壁座位方妮東摺好放在桌上的制服。

「喂，你瞎了喔，都不看路的。」

方妮東是班上出了名的恰查某，脾氣壞得不得了，尤其班上同學又喜歡拿她的名字開玩笑，讓她經常發怒。

第一次是英文老師介紹「funny」這個單字，解說「fun」是有趣的人或事；而「funny」則是形容詞，表示滑稽、稀奇古怪，甚至有神智不清的意思。

老師講解後，帶著全班同學反覆念這個單字。就在大家念到第五遍時，不知道哪個同學在funny後面接上一個「東」字。先不管這個東，是東？是冬？還是咚？總之那三個字的發音聽起來就是不折不扣的「方妮東」。

當時全班一陣哄堂大笑，張原海轉頭看，方妮東整張臉紫青，雙眼睜得老大，一副想拿機關槍掃射全班同學的樣子。

從那一天起，張原海注意到方妮東的眼睛經常保持微凸，動不動就咬緊牙根，對不爽的事吐舌頭。張原海心想，若不是上周歷史課講印度宗教全班同學幾乎都睡著，不然方妮東肯定有「黑天女」的綽號。

他記得歷史老師用投影片介紹印度宗教裏的神明，包括創造世界的梵天、保護世界的毗溼奴，與破壞後再給予重生力量的溼婆。眾多神明中，令張原海印象最深的是面目猙獰、形象恐怖的黑天女。黑天女的圖片膚色死黑青藍，配上圓凸雙眼與獠牙，及吊死鬼一般外吐的舌頭，恐怖萬分，實在很像隔壁方妮東生氣的樣子。

想到這裏，張原海差點噗哧笑出聲。

他趕緊摀上嘴，一邊發出咯咯笑聲，一邊轉頭想確認方妮東與投影機播放的黑天女是不是同一人，這才發現全班同學不是睡覺，就是傳紙條聊天，方妮東則低頭看漫畫，根本沒人理會歷史老師。

張原海覺得，課堂上出現這種情況並不能全怪同學，實在是歷史老師從上周開始介紹的印度宗教，不僅人物眾多，故事更是錯綜複雜，加上這些故事都有千年的歷史，版本眾多，難以理解。

以今天第一、二堂課講的「乳海攪拌」為例，張原海就聽得一頭霧水。乳海攪拌是印度宗教神話中最有名的一則故事，流傳千年，吳哥窟到處可見的古老石雕古蹟，多半是乳海攪拌；而泰國曼谷機場中最巨大的裝飾品，也是拿這個故事為創作背景。

乳海攪拌故事描述，非常久遠以前，阿修羅族與提婆族無憂無慮一同住在須彌山上。當時阿修羅尚未被定位為惡神，而提婆族也還不是善神，他們擁有較常人更長的壽命，但依舊得面對死亡。

阿修羅與提婆為了死亡這件事，好幾次找上創造世界的梵天，希望梵天能賜他們永生不死，最後梵天被吵到受不了，向大家透露海底藏有不死甘露。於是，提婆與阿修羅協議共同攪拌大海，事成後大家均分甘露。

張原海聽到這裏，挑眉心想，歷史老師若非詐騙集團，就是唬爛高手，因為這個故事實在怪異，而且破綻百出，譬如：如果梵天知道海底有甘露，何不拿出直接分給眾人，而要大家勞師動眾攪拌海水？此外，依據老師後來描述，攪拌海水的過程死傷無數，為了自己長生不死造成生靈塗炭，這聽起來並不像神明會做的事。

最令張原海困惑的是，故事到了最後，海水竟然攪拌出神醫，他手拿裝滿不死甘露的酒碗，浮升海面上。張原海想問，如果甘露一直保管在神醫那邊，何不一開始直接跟他拿就好，為何還要花數百年的時間攪拌海水，搞得人仰馬翻？

「這個。」方妮東遞給張原海一個帆布拉鍊零錢包。

「咦，這不是我的錢包麼？」

「你剛剛撞到桌子掉的，都沒察覺喔？整個人在恍神啥？」

「就老師講那個甚麼乳海攪拌，我聽得一頭霧水。」

雖然方妮東一臉恰北北，看起來似乎難相處，但同班到了小學四年級，張原海已經摸清楚她的脾氣，反而跟她成為班上最合得來的朋友。兩人體育課就這麼抱著膝蓋，並肩坐在操場旁的排水溝蓋上閒聊。

「就是一個印度神話，你這麼感興趣喔？」

「是啊，黑天女。」張原海很自然想這麼接話，幸好及時把話嚥下去。

「沒啦，祇是弄不太懂那個故事。」

接下來體育課的時間，方妮東詳細為張原海解說了印度宗教，他才知道，印度文化已有數千年，而印度教的神明跟希臘神祇很像，人味十足，不僅有七情六欲，更會爭風吃醋，為了自己的私利大打出手，祇是印度教故事的計時都非常長，動不動就是百年、千年來計算，以乳海攪拌為例，整個過程長達數百年。

那天深夜，張原海躺在床上，滿腦子仍想著早上方妮東跟他說的內容，還有歷史老師說的乳海攪拌。

張原海這一覺睡沒有多久，便被爭執聲吵醒，大家在耳邊卯足勁，扯開嗓門，彼此推托，吵著由誰去向水神解釋為何眾人浩浩蕩蕩來到海邊。

就在疑惑的同時，張原海赫然驚覺自己的身體，竟是一條巨蛇。

張原海轉頭看，原本肩膀的位置一直到腰側、大腿、小腿，居然是陌生的蛇形圓筒狀，又溼又滑，而且上頭布滿了閃著青紫色光澤的圓形鱗片，每一片都有大同電鍋鍋蓋這麼大片。他試著想看自己的腳趾，或者說尾巴，但身軀長度非常長，彷彿能一直延伸至世界盡頭，是看不見末端的。

「蛇王又想看自己的尾巴了，這件事再不趕快進行，哪天世界末日大家一起死，誰也別想活。」

這句話蹦出來的同時，有人過來扳正張原海的頭，讓他沒辦法繼續朝後看。

眾人先是停頓了一下，又繼續有一句、沒一句地講著。

張原海聽了一陣子才弄懂，自己就是大家口中的蛇王，體型巨大、行動緩慢，幾萬年來纏在山上不曾見過自己的尾巴，相傳蛇王祇要看到自己的尾巴，世界就會毀滅。

世界毀滅，除了梵天、毗溼奴、溼婆外，萬物與所有神明無一倖免，因此眾神決定合力取得藏在海中的不死甘露，脫離輪迴。

既然要攪拌大海取得甘露，就必須要有攪拌的棒子，曼陀羅山突出地面的高度有一萬兩千多里，地面下的深度也有一萬兩千多里，最適合拿來當做大海的攪拌棒。

於是，毗溼奴請眾神中力量最大的蛇王幫忙拔山，祇見他將身體捆住曼陀羅山，往上一拔，便將整座山連同根部拔離地面，帶到海邊。

水神見眾人一行浩浩蕩蕩，帶著曼陀羅山來到海邊，以為來鬧事，不准他們通過。而現在，眾人議論紛紛的，就是在討論該如何向水神解釋。

水神赤足側身，騎在鱷身、象鼻、魚尾的海獸身上，頭戴三叉皇冠、手上拿寶繩。從側面看去，水神的唇上留有兩撇鬍子，鬢角像弦月朝前彎翹。

就在張原海疑惑為甚麼水神這麼面熟時，水神突然轉過頭來，與他四目相交。

「張原海！」

「方妮東？」張原海聽到自己發出蛇的嘶嘶聲，「我這樣你都認得出來喔？」

「我長鬍子，你還不是認出來了。」

張原海心想，你變成黑天女我也認得出來啊。

「聽說你不讓他們過去喔？」張原海這時才發現，自己分岔的舌頭是紫黑色的，蛇信一般。

「話慢慢說，口水別到處噴，很毒的，」方妮東身子一斜，閃開幾滴張原海的口水，「你不奇怪自己為甚麼在這裏？」

「我剛睡醒就在這邊，而且，你不是也在？那就不用擔心啦。」

方妮東告訴張原海，他們確實是在夢中，這是她第二次夢到「乳海攪拌」，而且她變成了印度神話中的水神。這也就是為甚麼白天的時候，方妮東能詳盡為張原海解說印度宗教，因為在上一次做夢後，方妮東便趕緊查了相關資料，沒想到，竟又第二次夢到相同的內容，甚至還遇到同學張原海。

「既然你知道大海一定要攪拌，為甚麼還阻止大家？」

「哎喲，得照著歷史走嘛，而且，這樣最後水神才會分得甘露啊。」

眾人看蛇王跟水神第一次見面就這麼有話聊，交涉的事宜當然由蛇王負責，祇是他們並不知道，兩人其實都在聊私事，包括方妮東告訴張原海這個夢像連續劇，會連貫；還提醒張原海，開始攪拌海水後，蛇王會很受罪。

「你忘記之後會用你的身體攪拌喔？」

「啊，對喔。」張原海緊張起來。

歷史老師曾說過，眾神以最巨大的曼陀羅山作為攪拌棒、以最長的蛇王作為攪拌繩，來攪拌海水。

曼陀羅山從原本的土地上被拔起、運來海邊，兩頭尖、中間寬，遠遠看就像一根梭子，當它被插入海後，張原海憑著上課的印象，將身體順時針纏繞曼陀羅山，而蛇頭與蛇尾正好讓眾人拉住，當大家像拔河一樣一來一往拉扯蛇王的身體時，曼陀羅山便能像洗衣機的攪拌棒一樣左轉、右轉，旋轉攪拌。

向來與阿修羅族不和的提婆族，一開始主動選擇抱蛇頭的一端，他們一想到即將獲取永生不死的甘露，人人臉上都露出了微笑。

這樣的微笑被生性多疑的阿修羅族瞧見了，以為提婆們隱藏某些祕密，猜測是抱蛇頭比較省力，在即將開始攪拌的前一刻緊急喊停，要求交換攪拌位置。

於是，提婆族由原本抱蛇頭的位置改至蛇尾，而阿修羅則改抱蛇頭。

眾人的位置調整好，準備開始攪拌時，保護世界的毗溼奴在旁邊發現一件事：曼陀羅山雖然巨大，足以攪拌大海，但缺乏基座，恐怕過不了多久便會歪斜。因此毗溼奴化身成一隻非常龐大的海龜，潛入海底將曼陀羅山扛在背上，作為攪拌的支點。

攪拌海水的工程開始了。

張原海永遠不會忘記攪拌工程一開始的情況。

他從脖子、肩膀、胸口到腰，都被阿修羅們緊緊夾在腋下；而腰、臀、大腿到小腿則是被提婆們緊緊抱著。可能是怕蛇鱗滑手，眾人都用長長的指甲掐住張原海，那種感覺極不舒服，但為了能順利攪拌海水，他忍了下來，祇是沒想到，下一刻的情況讓他完全無法忍耐。

在眾人開始拉扯張原海的身體時，他才發現剛剛的不舒服真的祇是「不舒服」，與現在全身被巨大力量拉扯的情況，簡直小巫見大巫。

那個當下，張原海覺得自己好像準備下鍋炸的油條，先被竹棍壓扁，然後拉長。而且，阿修羅族與提婆族因為不是一般凡人，力量非常驚人，那樣拉扯的力道簡直像要張原海的命，才一開始攪拌，張原海就痛得大叫。

「要死了喔，我的媽啊。」

「你媽叫你起床啦，遲到了還睡。」

張原海從床上嚇得跳起來，他的母親正離開臥房，一邊下樓一邊吼叫。

上學途中，張原海反覆想著昨晚的夢境，發現自己從沒做過這麼清晰的夢，每一個細節、事件發生的先後順序，都能清清楚楚在腦中重演一遍，甚至眾神的樣貌、眉毛的顏色、嘴角的角度，他都能倒背如流。

「我有點覺得那不是夢，從第一次，到昨晚第二次，我開始覺得我們應該是親自經歷了乳海攪拌這件事。」方妮東說話的時候，眼睛轉不停，好像電腦硬碟顯示燈那樣閃動，正快速歸納著大量的資料。

「你是說，我們啟動了某個開關，然後像搭時光機那樣回到幾千年前的印度？」

方妮東認真點頭。

「但老師不是有說過乳海攪拌是印度神話，是後人虛構出來的？」

「這樣說沒錯，」方妮東停頓一下，「祇是，既然是幾千年前的神話，也就表示沒人可以證明是不是虛構的，說不定『乳海攪拌』、『俱盧之戰』、『楞伽島之戰』都真的發生過，祇是沒人見證。」

「我們會成為見證人耶！」

「不知道會不會跟之前一樣，接著夢下去？」

方妮東的疑問兩天後解開了。兩天後的晚上，張原海與方妮東又夢到了乳海攪拌，而且像在家裏看DVD影片一樣，按下播放鍵，從上次暫停的地方開始播放。

「要死了喔，好痛啊。」

張原海被拉扯到受不了，痛得大叫，頭一扭，從口中噴出濃煙與火焰。

這些濃煙與火焰正好不偏不倚全噴中抱著蛇頭的阿修羅族，眾人全被弄得灰頭土臉。

每次拉扯、攪拌，張原海就會因疼痛而噴出火焰、煙霧，阿修羅們雖然心中不滿，卻沒有立場抱怨，畢竟當初是主動要求跟提婆們交換位置，從蛇尾改至蛇頭的。

祇是，令阿修羅們不爽的是，張原海噴出的濃煙飄到蛇尾，變成烏雲，正好遮住豔陽，讓提婆們不至於汗流浹背。

明明同樣都是為了甘露出力付出，提婆們卻比較舒適，要不是阿修羅們彼此告誡為了甘露一定要忍耐，恐怕早就和提婆族吵起來了。

攪拌過程中，原先生長在曼陀羅山上的樹木、動物紛紛掉入海中；而摩擦產生的火焰，則將殘留在曼陀羅山上的樹林、生物全部燒成灰燼，也一併飄入大海。這些生物的死亡提升了甘露的效果，張原海看在眼中，覺得眾神為了自己的永生不死如此殘忍，深深感到不捨。

海水攪拌日復一日、年復一年，眾人每天做著相同的事，大家都開始懷疑是不是永遠不會結束。這段時間到底有多長，張原海沒有特別計算，也沒跟方妮東討論，但他們心裏明白這次做夢的時間特別久，海水攪拌大約也經歷了數百年。

直到某日深夜，海水出現乳汁的顏色，等待數百年的這一天終於到來。海水被攪拌成乳汁，由清澈變成混濁白色，這時，月亮緩緩從海中升起，映著乳白海水照亮眾人的臉，每個人都像抹了淡淡粉色的妝，非常好看。

「這個之後我會用到，就不客氣了。」一直在眾人身邊保護大家的溼婆說完，手一伸，將升不到半空的月亮摘走，掛在額頭上。

這是攪拌成功後出現的第一件寶物。

緊接著海水濺起浪花，第二件寶物跟著現身了，一位全身潔白、雙手各捻一支蓮花的天女從海中浮現，她就是象徵財富、幸福與美的吉祥天女，也是最受印度人景仰的女神之一。

吉祥天女的美貌絕世驚人，眾人無不看得目瞪口呆，當所有人為吉祥天女的美貌暈眩時，溼婆又伸手想將這第二件寶物占為己有。

「等等，溼婆，你已經擁有月亮了。」

水神出聲阻止，由於他是同樣身為女性的方妮東所變，所以不受吉祥天女的美貌誘惑。

「水神說得沒錯，而且，」吉祥天女話說一半，閉眼微笑，「而且，連你也沒看出來？」

這時，千萬道光芒從吉祥天女身上迸發，溼婆祇看了一眼，轉身便走。

原來，溼婆在光芒四射的一瞬間，見到了吉祥天女心中屬意的對象是毗溼奴，而且在之後的幾千年中，吉祥天女與毗溼奴將生生世世永為夫妻。

接下來，寶物以令人目不暇給的速度一一浮現，總共十三件，包括被雷電神收下當坐騎的白象、能自由變化三十六種形貌的仙女、五頭馬、世界上第一隻母牛、讓所有願望都能實現的許願樹等等。

當所有寶物出現後，海水噴濺出這幾百年來最高的一次浪花，浪花後面，正是雙手捧著裝有不死甘露酒碗的神醫。

「哎喲，還真的是由人拿著咧。」

張原海回想之前聽老師說到這一段，心中曾困惑為何甘露要讓人拿著？既然是神醫拿著，怎麼不直接跟他索取？然而，這一連串心中的疑問在接下來的短暫時間內，全部解開了。

甘露出現的一瞬間，阿修羅族與提婆族全都興奮地拋下蛇王，一窩蜂湧上去，畢竟是辛苦了數百年才攪拌出來的甘露，誰都想搶第一個享用。

祇見神醫手捧甘露，像在跳舞，先轉一個圈，然後往後彈開。

接下來發生的事，讓張原海與方妮東感到不可思議：幾百年來化做海龜，作為攪拌基石的毗溼奴變回自身樣貌，從天而降，擋在神醫面前，同時散成數千萬個分身，每個分身都在瞬間快速變化成比剛才的吉祥天女更美豔、更令人難以置信的美女。

這些美女一個個朝阿修羅身上倒去，她們全身酥軟無力，好像喝醉酒，迫使阿修羅們不得不張開手抱住她們。

神醫這一退，退得好遠，而所有原先在張原海身邊的提婆族也一擁而上，運動神力，朝神醫飛去，眾人在極短的時間內，離開原本攪拌海水的位置，抵達世界的盡頭。

然後，驚人的畫面出現，眾提婆環繞神醫身邊，各個張嘴朝天，像嗷嗷待哺的幼鳥；同時間，神醫手臂一揮，甘露騰空飛起，不偏不倚落進了每一位提婆的嘴中，其中一個，還掉進正騎著海獸趕過去的方妮東手中。

這一連串動作，眾人以為遠在天邊沒人看見，卻忘了蛇王擁有世界上最長的身體，世界的盡頭在哪，他的頭就在哪，這一切都讓張原海看得一清二楚。

張原海很驚訝提婆族竟然私吞甘露，將之前與阿修羅族協議均分甘露的話拋到腦後。

而且，更令他氣憤不平的是，這一切像預謀好的，從甘露由神醫手捧，到毗溼奴變化千萬美女勾引阿修羅族，全都像事先安排，以便奪取甘露，不與阿修羅族分享。

然而阿修羅族中，有一個人並未被毗溼奴的美女軍團誘惑，他就是擁有四手、蛇尾的阿修羅王。當時他一眼看穿毗溼奴的詭計，雙目不受美女影響，依舊緊盯神醫，在神醫捧著甘露落跑的同時追了上去，速度衹比水神晚一些，因此當方妮東拿到最後一份甘露的那一刻，她就知道阿修羅王晚了一步，所有提婆們已吞下不死甘露，阿修羅族做了數百年的白工。

隔天在學校一整天的時間，張原海與方妮東都在討論整件事的經過。

他們從沒想過被歸類為善神的提婆族，竟然用如此卑劣的手段取得甘露，而總被描述成好鬥、凶惡的阿修羅族反而被耍得團團轉。

「這樣真的很不公平，明明說好出力共同攪拌海水，最後卻沒依約定均分甘露。」

「會不會是提婆們認為，若是阿修羅族永生不死會危害世間？」張原海說。

「如果這樣，就不該一開始答應跟阿修羅的人共享甘露啊，」方妮東很激動，「也不該請阿修羅族幫忙。言而無信很爛耶，而且還用那樣的賤招。」

張原海猛點頭：「從此沒人能跟提婆族抗衡了。」

話題在張原海這句帶著點悲哀、無奈的話中結束。接下來的兩個禮拜，他們都沒再提起，彷彿這一切已隨著數千年前的神話，徹底從張原海與方妮東的生活中消失。

直到某個周六夜晚，方妮東打電話給張原海。

「我有辦法了。」方妮東把她的計畫告訴張原海。

「那也要再夢到才有用啊。」

當天晚上，兩人果然再次夢到乳海攪拌，而且是接著上次結束的夢境：阿修羅王飛奔抵達神醫所在之處，眾提婆正好將甘露分食。

方妮東在阿修羅王身邊，看他一臉錯愕，張口結舌說不出話。

此時，方妮東所變的水神揮動繩索，將自己獲得的甘露甩出去。

看到甘露被私吞而愣在一旁的阿修羅王，見水神的繩索揮開，一瞬間，一顆閃著金光的東西朝自己嘴上飛來，阿修羅王一舔，清甜芬芳自舌尖散開。

「啊！這是？」

方妮東的甘露立刻在阿修羅王身上發揮效用，他從口、鼻、眼、耳開始，散發出令人讚歎的光芒，好像受到永世的祝福，從此遠離病痛與死亡。

阿修羅王不明白水神為何要將自己的甘露送給他，但他與在場所有提婆們都知道，水神自古以來除了是水神，同時也是司法神，負責懲罰不正義的人，並保護奉公守法者。

所以，當水神送甘露給阿修羅王時，眾人祇能吃驚、納悶，包括毗溼奴在內，誰都不能阻止或提出質疑。

在事情發生的同一時間，張原海變成的蛇王也因為數百年來的拉扯，蛇身再也承受不住。他全身顫抖抽搐，一張口，大量的毒液從張原海的口中噴出。

蛇王的毒液非同小可，祇要一點點滴入海中，便足以讓萬物死亡，所有人嚇得紛紛走避，大家對這樣的劇毒束手無策，也怕自己觸碰到蛇毒。祇有溼婆在一陣混亂中挺身而出，他不慌不忙張開口，好像早已料到這一刻，將蛇王的毒液吞入喉。

與梵天、毗溼奴齊名的溼婆，神力自然非常強大，他知道蛇毒足以毀掉這個世界，既然沒地方處理毒液，就索性藏在自己體內罷。

他將蛇毒嚥下，卡在喉嚨的位置，不讓胃部吸收。劇毒的毒性讓溼婆的膚色自脖子開始轉變為青綠色，並漸漸擴及整張臉與全身。

眾人見狀無不驚恐萬分，大家雖然知道蛇王的毒液傷害不了溼婆，但全身皮膚逐漸鐵青的模樣還是相當嚇人，彷彿惡鬼一般讓人心生恐懼。

溼婆這時輕輕用手撥弄額上的月亮，這個攪拌海水後浮現的第一件寶物頓時綻放柔和的白光，將溼婆全身裹住，而他皮膚的顏色也由深綠轉為淺綠，然後變成粉綠，就像畫冊上溼婆的膚色一模一樣。

另一頭，阿修羅王吞下方妮東給他的甘露，身上也開始發生變化。

毗溼奴見到這個情況心想，水神將甘露讓給阿修羅王，或許自有他的理由，但毗溼奴不容許任何一個阿修羅族的人享用甘露，於是他轉動手中的神盤朝阿修羅王奔去。

毗溼奴的速度極快，眨眼來到阿修羅王面前，同時神盤砍出，將他從脖子一斬為二，頭顱騰空飛起。

雖然阿修羅王已經吞下甘露，不死的神效也開始發揮效用，但毗溼奴的動作實在太快，神效尚未傳遍全身便被砍得身首異處，以致於阿修羅王被斬斷的頸部以下並沒有獲得甘露的保護。

阿修羅王是阿修羅之王，勇猛無匹，當然不會畏懼這樣的情況，他滾動頭顱，想接回自己的身體。祇是，幾乎在同一時間，太陽神與月神快速運行起來，他們用比平常快百倍的速度通過天空。

一次的日出日落、月升月落，代表著一天經過，日月神在轉瞬間讓這樣的循環快速進行百次、千次，換句話說，時間在他們的操控下快速經歷了百日、千日。他們之所以這麼做，是為了讓阿修羅王的身體快速腐爛，無法復活。

「要命喔，怎麼會這樣。」

方妮東非常驚訝連這麼細微的環節，提婆族事前都考量到了。

阿修羅王看見自己的軀幹與四肢剎那成為白骨，化為塵灰，憤怒難抑。

他的頭顱仰天怒吼，衝上天際，直追太陽神與月神。頭顱劃過天空，拖著長長的尾巴，成為現在所說的彗星，是會帶來災厄的象徵。

從那一刻開始，阿修羅族正式與提婆族決裂，他們寧可永遠被視作凶惡殘暴的惡神，也不願與偽善的提婆族有任何互動。

而阿修羅王更是在追到日月後，張口將他們吞下肚，祇是阿修羅王僅剩頭顱還活著，頸部以下甚麼都沒有，吞進口中的日月馬上就從喉嚨掉出來，印度人相信這就是日蝕與月蝕的由來。

乳海攪拌後，世界恢復平靜，提婆族獲得了不死的能力，而阿修羅族也從原本居住的須彌山被驅趕至海底，唯獨阿修羅王一直不能忘記從前天界的生活，他的頭顱總在天上盤旋，並伺機吞食太陽神與月亮神，作為發洩心中怨恨的方法。

張原海與方妮東在那之後，不曾再夢見乳海攪拌，也沒夢到任何與印度宗教有關的夢境。當全班同學為多如繁星的印度神明的名字煩惱時，他們兩人那一個學期的歷史測驗都考了滿分，老師非常驚訝他們兩人竟能這麼熟悉印度的各種神話。

「我們甚至還能畫出幾個神明的樣子呢。」

當天下午，兩人從校園最南邊的垃圾場倒完垃圾，走回教室途中坐在石椅上休息。方妮東跟張原海回想起這場夢境，覺得不可思議，張原海似乎能感受她的想法，夕陽下，兩人沒有說話，各自陷入深深的思緒中。

他們這一出神似乎有半小時之久，卻又好像祇有幾秒鐘。當兩人警醒時，夕陽的顏色已經變成深橘紅色。

「趕快回教室罷，要放學了。」方妮東說，「你在想甚麼？」

方妮東以為張原海跟自己一樣，被某些生命中不可思議的東西感動得說不出話來，並陷入思索。

「喔，我在想神醫為甚麼給你甘露，卻沒有給我？我變成的蛇王也是眾神之一啊！」張原海說，「而且我還當攪拌繩，被拉扯了幾百年耶，沒有功勞也有苦勞。」

「哎喲，原來你在想這個喔。」

「不然咧。」張原海心裏還是覺得，累得半死的自己沒分得甘露很不公平。

「你怎麼這麼笨啊，你是蛇王，怎麼可能分到不死甘露。」

「為甚麼不可能？」

方妮東翻了白眼，瞪著張原海瞧。

「那如果讓你拿到甘露，吞下了，然後你又回頭看自己的尾巴，會發生甚麼事？」

張原海聽完愣住，聳高眉毛，瞪大眼睛，與方妮東對看幾秒，然後兩人一起哈哈大笑起來。

林妹妹的雨鞋

林妹妹有雙雨鞋，祇是她的雨鞋不是雨天穿的。

放暑假前一周，林妹妹學校每天都像菜市場一樣吵鬧。以往八點打過晨鐘，學校操場鬧哄哄的聲音，會瞬間像電視遙控器切掉電源一般，咻地沒了聲響；即便有零星幾個學生還在走廊奔跑，大家也是躡手躡腳，似乎深怕違背了校園鐘聲神奇的力量而遭受懲罰。從國小一年級的學弟學妹，到國小六年級的學長學姊，大家對鐘聲的尊敬，就像虔誠信徒對自己的宗教一樣，不容許半點質疑與怠慢。

國小四年級的林妹妹是半年前轉到這個學校來的。當初林爸爸為了林奶奶的病，特地搬遷到這個小鎮養病。林奶奶的醫師說，林奶奶這個病跟天氣有關，祇要久不下雨，林奶奶會用她那條繡著祥雲金鳳的手絹摀著嘴、輕拍胸口，咳個不停。

「奶奶，奶奶，你怎麼愈咳愈厲害？」聽到林奶奶的咳嗽聲，林妹妹跑到奶奶身邊，輕輕拍著奶奶的背。

從小，就數奶奶最疼林妹妹，總是妹妹來、妹妹乖地滿屋子喊。而林妹妹也最黏奶奶，直到去年，她還每晚與林奶奶同床共眠。

像小貓一樣窩在奶奶身邊，是林妹妹最喜歡的事。

「奶奶，你要不要喝水？我幫你倒。」

林奶奶緩慢搖頭，深鎖的青眉，像很痛苦，抓緊祥雲金鳳手絹，揩了塗有薄薄口紅的嘴唇。手絹染上一絲鮮紅，好像鮮血。林妹妹害怕地別過視線。

在醫生的建議下，林家到了森林邊的小鎮定居，也因此林妹妹換了新的學校，認識了新的朋友。

放暑假前一周，林妹妹的學校像菜市場一樣吵鬧。早上八點的晨鐘打完，操場還有小朋友打球的吆喝聲。林妹妹一邊在走廊洗手台清洗喝完的牛奶紙盒，一邊看著操場上某個男孩閃過迎面襲來的躲避球後開心大笑。

但林妹妹笑不出來，癟著嘴將洗淨的紙盒放進一旁的回收桶。

「林妹妹，你在看甚麼？」

好朋友毛妹從身後探頭，嚇了林妹妹一跳。

「毛妹，你嚇到我了。」

「怎麼不開心，要放暑假了耶，我爸昨天說，今年暑假要帶我去夏威夷，你去過夏威夷麼？」

林妹妹搖搖頭。

毛妹收起笑容，皺著眉不敢多問，祇是靜靜站在林妹妹身邊，一起看著操場上的躲避球。

剛才躲過一球開心大笑的男孩，慘烈哀叫，球像是裝了磁鐵般，快速直飛，硬生生砸向他的右臉，哎呀。敵對的球員爆出歡呼聲。

「我奶奶病得好重，我好擔心。」

「是每天中午幫你送午餐的奶奶麼？」

林妹妹點頭。腦中閃過每天中午十二點，跟毛妹到校門口領午餐的畫面，奶奶總是在校門欄杆外提著午餐笑呵呵對林妹妹揮手。

「以前奶奶祇有天氣乾燥的時候咳嗽。現在每晚都咳，很用力，爸說奶奶再這樣下去很危險。」

「我記得你說過，你會轉學來這邊，就是因為要幫奶奶治病，怎麼會變成這樣？」

林妹妹沒有回答，因為她不知道問題出在哪，也不知道該怎麼辦，林妹妹祇知道，她好愛奶奶，不想失去奶奶。

放暑假前，校園跟菜市場一樣興奮吵鬧，但林妹妹一點也高興不起來。

兩個月的暑假一下子就過了，開學第一天林爸爸幫林妹妹向老師請了假。

就在毛妹抱著去夏威夷的相簿在座位上張望，想第一時間與林妹妹分享旅遊的精采回憶時，老師向大家報告噩耗，林奶奶過世了。

大家都見過林妹妹的奶奶，因為每天中午在校門口等午餐時，總能見到林奶奶笑呵呵對林妹妹招手，那是全世界最溫暖的笑容，大家都說，林奶奶年輕時一定是大美人，因為那樣的笑容就像明星，站在人群中，很耀眼、很迷人。

提起林奶奶，林妹妹有一肚子關於奶奶的故事可以說給大家聽，因為在林妹妹眼中，奶奶除了是個慈眉善目的好奶奶，更是一個高深莫測的神祕老人。

記得在林妹妹有印象的九歲那年，林爸爸因為她上學遲到，被老師約來學校懇談，回家後林爸爸臭罵了林妹妹一頓。因為老師規定大家祇要上學遲到，便得罰繳二十元給風紀股長當旅遊基金作為懲罰；林妹妹當天沒帶錢在身上，於是謊稱自己已經繳了二十元，但明明登記簿上就是沒有她的懲罰金額。

風紀股長報告老師，一時間，原本簡簡單單上學遲到罰錢的事，延伸成林妹妹說謊的問題。

老師約林爸爸到學校，神情嚴重地告訴林爸爸，如果現在沒有糾正林妹妹說謊，以後，林妹妹可能會成為一個謊話連篇的騙子。在老師的教學經驗中，就有不少學生為了避免被罵，或貪圖好處而信口雌黃、滿嘴胡謅。

老師說得嚴肅，林爸爸罵得嚴重，畢竟這關係到林妹妹的品格。

當天晚上，林妹妹被爸爸罵哭了。

比起以前林爸爸的體罰，這夜的訓斥更讓林妹妹難過，除了心中無限的歉意，一直盤據在林妹妹心頭讓她愧疚的，是林爸爸失望的表情。這讓林妹妹好難過。

「唉唉，妹妹啊，別哭了，別哭喔，聽奶奶說。」

林爸爸甩門離開後，奶奶來敲林妹妹的房間門。

「奶奶。」

「我們把門鎖上，」奶奶一進房間便露出偷偷摸摸的神情，躡手躡腳回身把房門關上，「別讓爸爸進來。」

「奶奶，你怎麼來了？」

「哎喲，哎喲，你的眼淚告訴我，你被欺負了，所以奶奶趕緊來看看。」

「你胡說，眼淚怎麼會告訴你？」

林奶奶露出神祕的微笑，看得林妹妹一時也忘了哭泣，衹是兩行淚掛臉頰，可憐兮兮教奶奶心疼。

「是真的哦，你瞧瞧這個，」奶奶從口袋摸出一個雪白的小石頭，小石頭襯著床頭燈像極了震著翅膀的黃色小精靈，吸取了橘黃光線，一閃一閃在奶奶掌中熠熠靈動著。

「這是從月亮上頭拿來的石頭，漂亮罷。祇要你一哭，眼淚就會告訴奶奶，月亮石頭從來不說謊。」

「奶奶你騙我。」

「哎，奶奶怎麼會騙你呢？」一邊說，林奶奶一邊從桌上搖搖晃晃拿來妹妹喝一半的水杯，裏頭透明的開水差點潑灑出來。

林奶奶將水杯靠在妹妹聚滿淚珠的下巴，沿著雙頰而落的淚珠噗通滴進了杯中。

「裏面還有水耶，奶奶。」

「噓。」

林奶奶神祕笑容映著昏暗的床頭燈，顯得詭譎陰森，卻又有些俏皮搗蛋。

「後退一點，你遠遠看著啊，」林奶奶捧著水杯慢慢後退直到桌邊，坐在房間床上另一頭的林妹妹，遠遠緊盯奶奶手中橘亮閃耀的小石子慢慢靠近杯口，「你的眼淚就是這樣告訴奶奶的。」

話才說完，小石子滑進杯中，瞬間，有著林妹妹眼淚的水面呼地冒出白煙，就像除夕夜煙火點燃的白霧，濃得如同打翻的鮮奶。

白煙一下子就把杯子充滿，並沿著杯口湧出。

林妹妹吃驚極了，遠遠張大嘴盯著奶奶手中不停冒煙的水杯；像擁有魔法一般，剛才奶奶手中的小石子漂浮在水面上快速打轉，並產生翻騰白煙。

「你看，你的眼淚讓月亮石頭也傷心難過，它正驚慌失措地亂竄呢。」

「怎麼會這樣？奶奶，為甚麼月亮石頭會浮在我的眼淚上面，而且還一直冒煙？」

「剛剛你是不是很難過、很傷心呢？」

林妹妹沒回答，祇是點點頭。

「所以你流的眼淚也一定會是傷心難過的眼淚，月亮石頭告訴我，奶奶的寶貝心情不好。」

之後奶奶跟林妹妹聊了好久，這也是林妹妹最後一次跟奶奶說這麼久的話，後來因為奶奶的身體愈來愈差，好幾次想跟林妹妹多說點話、多聊點天，但都在劇烈的咳嗽下中止，那種像被撕裂開來的咳嗽聲林妹妹永遠無法忘記；而那一顆會冒出仙境一般白煙的月亮石頭，也讓林妹妹永遠記著。

開學過了一周後，林妹妹回學校上課，同學們送上親手做的卡片，毛妹還給了林妹妹一個大擁抱，林妹妹看到大家這麼關心她，不爭氣的眼淚馬上掉下來。

「你看，大家都好擔心你，你還好麼？」毛妹抱著林妹妹問。

林妹妹露出好久不見的笑容，輕輕點頭。

淺淺的笑容讓站在一旁的老師放下心中的大石，因為老師也知道，林妹妹跟奶奶的感情最好，奶奶辦後事的這段期間，林妹妹肯定難熬痛苦。

「來，給你看我去夏威夷的照片，開學第一天我就帶來要給你看呢。」毛妹拉著林妹妹。

有毛妹陪伴，加上開學後繁忙的課業，幾個月後，林妹妹慢慢從奶奶過世的陰影中走出來，祇是每天上學前，林妹妹總望著鞋櫃裏的鞋子許久，才願意離開家門，紅色的蝴蝶結停在紅色的鞋尖上，鞋櫃中那雙鞋子好看極了，這是奶奶過世前送給林妹妹最後的禮物。她捨不得穿，每天出門上學前打開鞋櫃看鞋，就像跟奶奶說再見一樣，對林妹妹來說很重要。

「妹妹啊，今天學校懇親會，你要不要穿新鞋去學校？」

「爸，你跟老闆請假了麼？」

「當然囉，小可愛的懇親會一定到，」林爸爸打完領帶，一把抱起林妹妹，「祇是爸先進公司處理一下事情，然後去找你。」

「是喔……那你會幾點到？」

「十點多，」林爸爸拿起鞋櫃中奶奶送的新鞋，「你要穿新鞋麼？今天你是小公主，要打扮漂漂亮亮的。」

「那你能幫公主綁辮子麼？」林妹妹仰起下巴。

「遵命，但請公主把您的豬頭扶正，否則將軍無法為公主綁辮子。」

林妹妹被爸爸逗得呵呵大笑，一邊看著鏡子裏父親幫自己紮髮辮，一邊看著腳上閃耀紅光的新鞋。

轟隆。

正準備出門時，天空開始下雨。

「下雨了。」林妹妹背著書包與林爸爸站在公寓大門仰頭張望。

「沒關係，」林爸爸招來計程車，「公主請上馬車。」

自林妹妹有印象開始，就一直跟著父親，奶奶曾在林妹妹小時候說過，媽媽在她出生那天，就先到一個很遠的地方打理未來的新房子，等大家以後一起過去住。

剛開始林妹妹不能理解為何媽媽不跟爸爸與自己一起住在目前的家，但後來，她慢慢明白，奶奶以前對她說的祇是安慰話，林媽媽早在自己出生那天便難產過世了。

這也是為何林妹妹面對奶奶過世，比其他人更勇敢、更堅強。更何況奶奶還留了一雙漂亮的紅鞋子給林妹妹。

到了學校雨還是下個不停，林妹妹小心繞過積水，深怕弄溼奶奶的禮物，這雙漂亮的紅鞋子。

「哇，你的鞋子好美喔。」毛妹羨慕地看著林妹妹的鞋。

「對啊，還好沒弄溼，今天你也穿得好漂亮。」

毛妹學模特兒，原地轉了一圈，「這是暑假去夏威夷買的衣服，我爸媽說今天我要當小公主。」

「呵呵，我爸也說今天我是公主，還幫我紮了辮子。」

「你爸好厲害，不像我爸每次都叫我媽把我的頭髮剪短，好想跟你一樣留長頭髮，那樣比較像公主。」

「毛妹短髮很好看啊，我們兩個，一個是長髮公主，一個是短髮公主。」

林妹妹笑起來像俄羅斯陶瓷娃娃，兩根辮子在肩膀晃啊晃。

十一點林爸爸趕到學校，跟老師聊了很久，也與林妹妹、毛妹及毛妹的爸媽一起午餐。祇是從早上開始下的雨，到了午後絲毫沒有減弱的情勢，還是劈哩啪啦像老天爺踢翻水桶一樣，直到林妹妹跟爸爸傍晚回到家才停。

奶奶送的紅鞋子晾了兩天才乾，又被林妹妹放回鞋櫃，之前懇親會穿去學校遇上大雨，回家弄溼讓她好心疼。雖然她覺得紅鞋子穿起來很舒服，又像奶奶在身邊陪伴，但怕鞋子弄壞，林妹妹選擇讓紅鞋子好好擺在鞋櫃中。

懇親會後的星期六，林妹妹起了個大早，窗外天氣晴朗，今天林爸爸要到公司加班，而林妹妹要跟毛妹、毛妹爸媽一起去動物園玩。

印象中動物園很大，林妹妹兩次去的經驗都沒辦法把整個動物園逛完。第一次是幼稚園畢業旅行，祇走了台灣動物區、兒童動物區，還有看無尾熊懶洋洋趴在樹上，然後就被老師與志工家長送回家了，林妹妹記得回到家才下午兩點，手上幼稚園王老師發的麵包餐盒都還沒吃呢。

而第二次去動物園，是爸爸公司舉辦的親子日活動，原本應該可以將整個動物園逛完，但沒想到有個小朋友在亞洲熱帶雨林動物區走失，公司暫停活動，全體動員尋找，因此第二次也祇逛一半。

「妹妹啊，今天去動物園要乖乖聽伯父、伯母的話，不要給人添麻煩，知道麼？」

陽光穿過玻璃，灑在早餐的柳橙汁上，桌面映著鮮豔的橘黃色。

「知道啦，」林妹妹一口將土司夾蛋塞進嘴裏，「爸，你幫我拿奶奶的鞋好不好？」

「嘿，你是皇后喔？居然要你老爸提鞋。」

「爸，」林妹妹嬌滴滴喊，混雜著滿嘴的食物，聽起來像池塘邊蟾蜍打哈欠的聲音：嘓。

「你哦，祇知道欺負我，」林爸爸把鞋子拿到她面前，「皇后陛下，您的鞋。」

林妹妹掩著嘴咯咯發笑，「好了，你可以退下了。」

在充滿陽光的餐桌邊，林妹妹把漂亮的紅鞋子穿上。

忽然，遠處傳來悶悶雷響。

轟隆，轟隆。

林妹妹與林爸爸兩人同時停下手邊的動作，像電影定格一般，仔細聽著悶雷。

「怎麼有打雷聲？爸，會下雨麼？」

「不會啦，天氣這麼好，皇后出巡動物園，都嘛是大晴天。拿你的包包，毛妹可能到樓下囉。」

然而林爸爸不是氣象局，他的話沒成真，就在林妹妹坐上毛妹爸爸車子同時，豆大雨點狂瀉下來。

在大雨的視線中，跟爸爸揮手告別。林妹妹心想天氣真是怪異，剛剛明明大太陽，沒想到突然便下起大雨。

「哎哎，有沒有淋溼？這毛巾拿去擦擦。」毛妹媽媽遞來毛巾。

「謝謝伯母，祇淋到一點點。」

「媽，氣象不是說今天晴天麼？」毛妹幫林妹妹把背包拿下來，「哇，你今天也是穿那雙漂亮的紅鞋子耶。」

「這天氣真詭異，希望動物園那邊沒下雨。」毛妹爸爸扭開車窗雨刷，唔唔地刷去迎面而來的雨幕。

可惜毛妹的爸爸也不是氣象局，他的話沒成真，到了動物園入口雨還是很大。

「你這雙漂亮的紅鞋會不會像上次懇親會一樣弄溼啊？」

林妹妹癟著嘴，心想這次來動物園雖然時間充裕，但恐怕又沒辦法全部逛完，畢竟很多區域都是露天，雨若是持續下著應該沒辦法參觀。

在動物園餐廳吃過中餐，大夥兒都沒繼續逛下去的興致，大雨像救火的消防水管，持續噴灑，絲毫沒有減弱的意思，好像動物園失火需要搶救。林妹妹跟毛妹站在落地玻璃窗旁，呆呆看著視野模糊的大雨。

早上祇走完昆蟲館、無尾熊館與夜行動物館，其他露天區域看來去不成了，畢竟那裏的動物恐怕也被這場大雨嚇得躲進山洞，不肯露面。

林妹妹這雙紅鞋，又是晾兩天才乾。兩次穿這雙鞋出門都遇到大雨，林妹妹很納悶。

除了這雙奶奶送的紅鞋，林妹妹還有一雙前年才買的布鞋，這是她以前出門唯一的鞋子，日積月累下來布鞋也快壞了。運動會前一周，爸爸拿布鞋去修理，這段時間，林妹妹每天祇好穿著奶奶紅鞋上學，祇是說也奇怪，這幾天就像冬日雨季提前到來，下個不停。

「爸，那怎麼辦？」

「修鞋老伯也真是的，臨時出國，鞋子拿不回來。」

「明天運動會，我不能穿那雙紅鞋去，」林妹妹哀嚎，「那是皮鞋，我會被罵。」

「但鞋子拿不回來，幸好你沒有參加比賽。」

林妹妹不發一語，癟著嘴，盯瞧牆上剛過晚上十一點的掛鐘。

「我幫你跟老師說，讓你穿皮鞋去。」

「吼，爸。」

運動會場上，穿皮鞋走來走去是一件非常奇怪的事，尤其全部同學都穿著布鞋時，最不起眼的雙足，也會在那一瞬間變成萬眾矚目的焦點。

除此之外，林妹妹不想穿奶奶紅鞋去運動會還另有原因，那就是：這雙鞋有蹊蹺。

幾個月來，林妹妹發現祇要穿上紅鞋，天空就會下大雨，沒有例外。原本晴空萬里的天氣，紅鞋一亮相，立刻轉陰降雨，好像是紅鞋招來雨神，毫不留情將整桶雨水一次傾倒，絕不祇是滴滴答答。

要是明天穿紅鞋去學校下起大雨怎麼辦？林妹妹煩悶而且害怕，看著窗外下了一整天雨，傍晚卻轉晴的夜空星星，如此璀璨的星空怎麼看都能斷定明日肯定大晴天，但若紅鞋讓運動會下起大雨，這可是千古罪人。

穿著紅鞋坐在班級看台區，太陽曬得大家暖烘烘。林妹妹暗自竊喜這回穿奶奶紅鞋竟沒下雨。

老師也因為林爸爸事先告知，沒責備穿皮鞋參加運動會的林妹妹。唱過校歌後，大家興奮期待第一個比賽項目——接力賽跑登場。為奪取佳績，班上選手們苦練許久，老師答應大家，祇要拿下兩面金牌便舉辦烤肉郊遊。

就在選手準備大顯身手、裁判準備鳴槍開始的前一刻。

轟隆、轟隆、轟隆。

下雨了。

老師們協助各班學生進入教室躲雨。原本的運動會變成自習。林妹妹好錯愕，內心自責。

「林妹妹，你的鞋？」

剛進教室，毛妹像發現重大祕密一般，指著林妹妹腳上的紅鞋大喊。

一瞬間，林妹妹漲紅了臉，癟著嘴不說話。

「你每次穿這雙鞋，都會下雨。」

毛妹的嗓門極大，吸引其他同學靠攏過來。

「這不是林奶奶送她的鞋子麼？」

「上次懇親會下大雨的時候，她也是穿這雙鞋耶。」

大家圍繞著林妹妹議論紛紛，頓時教室吵鬧起來。

林妹妹低著頭，剛漲紅的臉，更紅了。隱約中，她聽到毛妹用驚訝萬分的語氣跟其他人描述去動物園，林妹妹穿紅鞋招來大雨的事。

紅鞋會引來大雨。這是雙被詛咒的鞋子。

「你那是甚麼鞋啊？」

林妹妹在鬧哄哄的教室、交頭接耳的人群中急哭了。雨點般大的眼淚，撲簌撲簌掉下來，因為她好害怕，也好難過奶奶送她的鞋被同學厭惡咒罵。幸虧老師及時趕來，才沒讓林妹妹哭成淚人兒，祇是在教室混亂的當時，林妹妹隱約聽見男同學李廣加大吼「林妹妹的奶奶是巫女」這句話。

李廣加在班上總是扮演煽動人群的角色，有一次為了體育課不要跑步，他當著體育老師的面煽動同學，要大家一起抗議大吼：「要跑步、就翹課」，沒想到一開始祇有少數支持者的李廣加，竟可以在下課前拉攏一半以上的同學跟他起鬨，最後甚至訓導主任都來關切。

李廣加這一吼，全班議論紛紛，大家腦中記起的是林奶奶和藹親切的笑容，而嘴裏說的竟是林奶奶等於巫女的猜測與流言。

這天開始，同學都叫這雙鞋子「雨鞋」，祇是林妹妹這雙雨鞋不是雨天穿的。

而林奶奶也變成大家口中的巫婆。

「老師，林妹妹的雨鞋會讓我們郊遊泡湯啦。」

雖然後來補辦運動會，班上並未奪下兩面金牌，但老師還是決定帶大家烤肉郊遊。

就在班上興沖沖討論時，教室角落突然冒出這句話。因為林妹妹祇要穿上雨鞋，就會下雨。不管是山上開滿花的春天，或晚飯後一定要吃紅豆冰棒的夏天，還是家家戶戶開始曬棉被的秋天，或出門得圍上圍巾的冬天，祇要林妹妹穿上雨鞋，當天一定下雨。

「你不能穿別的麼？我們不喜歡雨天。」同學討厭林妹妹的雨鞋，穿上那雙鞋，雨就下不停。毛妹甚至因為這樣，慢慢疏遠林妹妹。

「沒辦法啦，林家的巫婆留了雙雨鞋給她，她不穿也不行。」李廣加在教室角落圈著嘴大喊。

林妹妹不敢跟爸爸說，祇是布鞋修好後，她便發誓不再穿雨鞋，同學中甚至有人每逢雨天就對林妹妹擺臭臉，讓她傷心極了。

趁著過年，林妹妹向爸爸哀求買雙新皮鞋，爸爸拗不過她，給她買了雙寶藍色的淑女皮鞋，林妹妹趁爸爸加班的某個假日，把雨鞋塞到鞋櫃後的夾縫中。她再也不想穿這雙鞋，即便這是奶奶送她的禮物。

幾個月下來，同學看林妹妹許久不穿雨鞋，又把她當好朋友，沒有人露出壞臉色，除了李廣加，但林妹妹不在意，因為現在的她又能開開心心與大家一起念書、玩耍，班上其他人都漸漸忘了林妹妹的雨鞋。

冬天過去，春假很快結束，也許因為林妹妹沒穿雨鞋的關係，今年梅雨季幾天就停。初夏日日都是萬里無雲的好天氣，這對許多坐爸媽機車上課的同學來說，真是再好不過，誰也不喜歡溼答答、穿著臭雨衣上學。

暑假快來的五月，天氣熱得不像話，毛妹搖著扇子，夏天似乎提前到來。

「各位同學，聽這邊，」高溫的教室，飄搖著一股浮躁氣氛，同學吱喳耳語混著窗外蟬鳴，老師拉高嗓門叫著：「聽這邊，老師要宣布事情。」

「再過幾個禮拜就要放暑假了，大家高不高興啊？」

聽見暑假兩字，教室瞬間安靜下來。

「有件事情老師要大家幫忙。氣象報告說，今年降雨減少，大家從現在開始要節約用水。」

老師回身指著黑板上剛寫好的五條省水事項。

「從現在開始，我們洗手不要把水開太大，而且回家記得提醒爸爸媽媽，洗米洗菜的水可以拿來沖馬桶……」

「林妹妹，我們家已經開始節水了耶，你呢？」毛妹靠過來小聲說。

「節水？怎麼做啊？」

「我爸說，大家尿尿完不能馬上沖，要集滿三個人才能沖，不然以後沒水用就慘了。」

「哎喲，好噁心喔，那會很臭罷。」

「對啊，但因為太久沒下雨，所以水庫不夠用，」毛妹神祕壓低聲音，

「但其實我有個好點子。」

「甚麼點子？」

「建議學校帶全校師生去水庫尿尿，我們人這麼多，一人一泡，水庫保證滿，大家就有水喝了嘛。」

「毛妹，你好噁心，你乾脆說大家自備杯子，尿在裏頭，口渴的時候直接喝不是更快。」

「吼，沒想到你比我更噁。」

回家後林妹妹不像以往打開電視看《飛天小女警》，反而轉到新聞，看一則又一則旱災的氣象報告，林妹妹很害怕。

這是以前不曾遇過的氣候，想到未來家中得像蒐集印花一樣，集滿三個人才能沖掉馬桶中的尿；也可能沒辦法每晚洗香噴噴的澡；甚至還有可能像衣索比亞的難民一樣趴在乾裂的黃土上渴死，林妹妹嚇得發抖。

突然遠處傳來消防車的警笛聲。

警笛聲由遠而近，停在大樓樓下的馬路邊。尖銳的消防警笛響徹林妹妹家客廳。

哪邊失火？

林妹妹看了牆上的鐘，還有一小時爸爸才下班。

她跑到面對馬路的窗台邊，推開窗戶由上往下看。

這一看不得了。四台火紅的消防車停在大樓門口，車頂上的橘紅色旋轉燈由四台車車頂放射，交錯在黃昏的馬路上，而且林妹妹聞到微微燒焦味道。

連續幾個月無雨，天乾物燥，新聞剛剛才說要小心這樣的天氣容易發生火警。

失火了，在哪？在哪？

林妹妹探出窗子張望。十二層樓高的視野很清楚，花不到五秒就看到了失火的住戶，其實這麼大的濃煙，想不看見也很難。林妹妹家社區隔壁棟的右下方住戶，窗台像炸雞排小攤的排煙管，呼嚕呼嚕地朝天空吐著又黑又濃的煙，不時還有火舌竄出。

大樓馬路像磁鐵，吸來消防車，更吸來人群和新聞攝影機。林妹妹看著消防人員拿著噴水管，裝上路邊的消防栓，又匆忙卸下，改用消防水車。難不成消防栓中的水早因為連日不雨而乾枯？

電話響了幾聲林妹妹才聽到。

「妹妹啊，我是爸爸，」林爸爸著急的聲音從話筒傳來，「大樓失火了，你快點離開，到對面麵包店那邊，不要亂跑，知道麼？」

「好。」聽到林爸爸的聲音緊張慌亂，原先還挺鎮定的林妹妹，頓時也害怕起來。

「爸爸馬上回家，你記住，不要坐電梯，掛掉電話後跑下樓，聽話。」

林妹妹聽完爸爸的話，拿起牆上自己那副Hello Kitty鑰匙，便開始一步步從逃生梯下樓。

一樓吵雜的聲音在二樓樓梯間就聽到了，不僅有消防車持續的警笛聲，還有群眾的熙攘，這些聲音交錯成恐懼與驚慌的共鳴，讓林妹妹打了個哆嗦。其中一個離門邊最近的嘶吼，讓她放慢腳步，那個人感覺就像要被憤怒與恐慌吞沒，沒命扯著已經沙啞的喉嚨放聲大哭。

警方與消防人員將建築物用人牆圍堵，隔壁棟一個婦人在警察懷中歇斯底里拳打腳踢，剛剛嚇到林妹妹的哭聲，正是這個婦人的哭鬧。

「救救命，我兒子還在上面，讓我上去，不然他會死的，救命啊。」

林妹妹從沒見過這種場面，被嚇傻了，直到一位女警把林妹妹牽進人群，遠離門口，她才感受到婦人的惶恐與愛子的悲痛。

看著因為連月不雨、水勢貧弱的消防水管，林妹妹心急火勢變大，殃及這位婦人的小孩。不僅如此，許多人的家庭、財產更可能因為這場火而灰飛煙滅。

突然，林妹妹想起甚麼，奮力鑽過人群，頭也不回往自家大樓出入口跑去。

「啊，這個小妹妹，回來啊，裏面危險……」

員警話還沒說完，林妹妹已經爬上樓梯。

也許因為真正失火的是隔壁大樓，所以當員警追上之前，林妹妹已經回到家中，拿了她要拿的東西——那雙雨鞋。

「雨鞋每次穿都會下雨，林妹妹你穿別雙好不好？」

「會不會是林奶奶的詛咒啊？好可怕，穿了一定下雨耶。」

林妹妹抱著鞋下樓，想起同學說過的話，也想起以前奶奶到校門口幫她送午餐的笑容，那時奶奶最疼林妹妹，大家也都知道林妹妹最喜歡奶奶。

火勢因為天氣乾燥，延燒很快，一下子就燒到了樓上鄰居，街上圍觀的人更多了。

消防員發現水車的水根本應付不了快速蔓延的火舌，變得手忙腳亂。幾個鄰居跟著剛剛哭嚎的婦人一起站在不斷有塵粉掉落的馬路邊，仰頭心急哭喊。

突然間，原本萬里無雲的天空，一瞬間陰暗，就在大家疑惑抬頭觀望的同時，豆大的雨滴落了下來。

轟隆，轟隆，轟隆，轟隆。

雨勢又大又急，好像累積數月沒宣洩的壓力一次釋放，每滴雨打在皮膚上既癢又疼，若是以往，肯定招來路人的咒罵，但這一刻，大家心中無不充滿感謝，欣喜仰望天空。

「哎呀，老天爺顯靈，小孩子得救了。」

「這雨下得真是時候，火勢能控制，能控制了。」

那位剛才幾近崩潰的婦人，像是確定兒子能被救出火場，歡喜地放聲大笑。她笑是因為這場及時的大雨，她笑是因為她兒子將能回到她身邊。

林妹妹穿著雨鞋，看著所有人第一次沒有因為大雨傾盆而落荒而逃，大家在大雨中露出發自內心的笑容，雖然雨打得眾人雙頰發疼、打得眾人視線模糊，但沒人抱怨被雨淋溼，沒人咒罵林妹妹的雨鞋。

火災在雨中慢慢減弱，林爸爸在消防車陸續離開前回到林妹妹身邊。警消人員說，這場大火燒掉了鄰居的客廳，所幸無人傷亡。

大雨在林妹妹回家、脫下雨鞋後才停。

「林妹妹，聽說你們家那邊昨天火災？」毛妹隔天一早到學校，便巴著林妹妹問，幾個知道消息的同學也圍了過來。

周六學校祇上半天課，氣氛與周一到周五不同，教室格外熱鬧。

「新聞有說耶，好像是你們鄰居電線走火？」

「好可怕喔，要是再不下雨，火災會不會變多啊？」

「少烏鴉嘴啦，昨天那個大火不就立刻被雨澆熄了？」

大雨？毛妹忽然靈光一閃，急忙拉林妹妹到一旁。

「林妹妹，你那雙雨鞋呢？」毛妹轉身擋住同學們投射過來的目光，低聲探問，「昨天你是不是有穿奶奶送你的雨鞋？」

林妹妹癟著嘴，慢慢點頭。

「我有個主意，等等開周會，你要幫我喔。」

「幫你？甚麼主意？」

「嘿嘿，到時你就知道，祇是……」毛妹搔著頭，盯著林妹妹的腳看。

林妹妹推開毛妹，走回自己座位，默默拿起包包。

「你看。」林妹妹把包包打開一角，伸向毛妹。

「果然是好朋友，你也是這麼想的？」

毛妹一瞧大笑。

林妹妹用力點頭。

周會時老師再一次向大家說明旱災的嚴重性，毛妹舉手發言。

「老師，我們有辦法，全班都可以作證是絕對靈的辦法，祇是要請老師相信我們。」

「哦？說來聽看看。」

「林妹妹有雙雨鞋，祇要穿上去就會下雨，我們想請老師帶我們去水庫，讓林妹妹下雨。」

老師一臉疑惑地看著毛妹，就在此時，班上像被投了原子彈，頓時吵雜起來。

「對耶，我們忘了林妹妹的雨鞋。」

「啊，那雙雨鞋，對喔。」

「停停，安靜安靜，一個個講。」老師皺著眉頭，挑了一位興奮舉手的同學說話。

「林妹妹有雙雨鞋，祇要她穿上了就一定會下雨，怪得很。」

「老師，老師，我補充，我補充，」另一位同學用力舉高雙手晃著，也不等老師叫他，便連忙站起來搶話：「那雙鞋是林奶奶過世前送給林妹妹的，穿了一定會下雨。」

「這麼神奇啊？林妹妹，他們說的是真的麼？」

林妹妹坐在椅子上，臉漲得好紅，頭低低輕輕點了一下，眼角餘光看到坐在角落的李廣加臭著臉、撇頭望向窗外。

「那如果老師帶你去水庫，你願意為大家穿上雨鞋麼？」

為大家？林妹妹的臉漲得更紅了，她從來沒想到自己有一天會幫助別人，特別是這群人之前還臭罵過這雙雨鞋，他們曾將雨鞋視為詛咒之物；當然還有奶奶，曾被他們當巫女、巫婆批評咒罵。

突然，林妹妹腦中閃過自己有一回被爸爸罵哭，奶奶到房裏與她徹夜長聊的一番話：「妹妹啊，你會討厭你爸爸麼？會恨他麼？如果爸爸停止罵你，而你還繼續恨他的話，那就不能像奶奶一樣，」奶奶深深的一笑，「奶奶之所以會擁有月亮石頭，就是因為奶奶從不恨別人，即使被人罵了，也沒關係，因為罵你的人有一天一定會後悔，最重要的是自己不能因為被罵，就仇恨對方，知道麼？」

她一邊想起奶奶的話，一邊又點了點頭，從包包拿出雨鞋擺在桌上。一時間，教室鴉雀無聲，每個人都轉過身，眼睛緊盯著這雙當初恨之入骨的雨鞋，祇有李廣加頭也沒轉，斜眼瞪了雨鞋一眼。

「好，那中午下了課，老師帶大家一起過去，好不好？」同學們把視線從雨鞋移回講台，看著老師興沖沖的笑臉，大家馬上明白，這也算是這位愛郊遊的導師給大家一次額外的校外教學機會。

好。

下午除了有事回家的同學外，其他人跟老師一起在校外吃午餐，並搭客運到水庫。數月沒降雨的水庫牆面已經露出水位警戒線。老師指著警戒線機會教育，林妹妹小心翼翼捧著雨鞋，站在最前排聽老師說明缺水可能造成的社會問題。

「好了，大家這樣就明白，『飲水思源』這句話如果平日不重視，一旦遇上會很可怕。」老師為同學做了結語，熾熱的太陽曬得鼻頭冒汗珠。

「老師，好熱喔。」

「忍耐一下，接下來老師要把時間交給林妹妹囉。」

頭一回被眾人期待，林妹妹一路上都還在受寵若驚的震駭中，恍恍惚惚的；現在聽老師如此慎重，她更驚慌了，畢竟「穿上雨鞋就下雨」的說法並沒有多次驗證，祇是過去經驗，加上昨日失火時的實驗罷了，要是等等沒有降雨，肯定很糗。

「林妹妹，老師叫你呢。」毛妹用手肘推了推。

「老師，我現在就把鞋穿上。」

「哼，妖術。」可能因為在意同學的關係，緊張的林妹妹清楚聽見遠處李廣加小聲地碎念。

但大家似乎並不在意，全神貫注地看著林妹妹的動作，像馬戲團宣布開始表演一般，原本還用手搧風的同學們，紛紛停止動作；一直聊著天的同學，也迅速閉嘴，大家都不想錯過這神奇的一刻，因為以往總是先有雨，才發現林妹妹穿著雨鞋，誰也沒見過林妹妹穿上鞋後發生的變化。

林妹妹被眾人圍著，緩緩坐在水庫閥門上方橋中央的柏油路上。被太陽曬得黑亮燙人的地面，差點讓林妹妹痛得叫出聲，但是不坐著沒法兒換鞋啊。

雨鞋左腳穿妥，紮緊鞋帶；雨鞋右腳穿妥，紮緊鞋帶。紅色的蝴蝶結停在紅色的鞋尖上，林妹妹腳上的雨鞋好看極了。

就在林妹妹穿好鞋子，謹慎撐著地面起身時，大夥兒頭頂傳來悶雷。

轟隆，轟隆，轟隆，轟隆，轟隆。

傾盆而洩的大雨在大家抬頭前，爆炸般灑遍每一個人的臉、衣服、鞋子，當然包括林妹妹的雨鞋。

「好耶，林妹妹，你辦到了。」

「林妹妹，你好厲害，太棒了，我們不怕沒水了。」

「林奶奶保佑，林妹妹真有你的。」

如同火災現場一樣，沒人閃躲這發瘋似的大雨，就算真的想躲，比紗網還密、比龍眼還大的雨珠也肯定能讓人幾秒內渾身溼透。

眾人燦爛笑了。老師瞇著眼蹲在林妹妹面前，滿意地搓摸她淋溼的頭髮。

「林妹妹，你有一雙神奇的鞋，還有一群愛你的同學。」

被大雨淋得睜不開眼的林妹妹，回想起以前同學們嫌棄她的鞋，冷嘲熱諷，李廣加更尖酸咒罵林奶奶，稱這雙鞋是奶奶不安息的亡魂作祟。

「老師，你說的話，是真的麼？」

「當然，你的奶奶留了雙神奇的鞋子給你，真的很特別。」
「但，為甚麼？為甚麼每次穿上這雙鞋，就會下雨呢？老師。」
「因為啊，」老師在大雨中的笑容不但不模糊，反而更鮮明、更清晰，「鞋子是奶奶買給林妹妹的，當她老人家在天上看到你穿著她送的鞋，奶奶思念的眼淚便像珍珠，灑在這個她最深愛的世界上呀。」

林妹妹突然才明白，這雙雨鞋，不管同學曾經怎麼說，不論大家抱持甚麼態度，這都是奶奶最愛她的證明，也是永恆不滅的愛。

仰頭讓大雨淋個溼透，耳邊喧鬧著同學歡呼喝采，林妹妹給天空一個燦爛的笑容，因為她知道奶奶也正給她最美、最溫暖的笑。

二十年後的林妹妹進入中央氣象局，一直到現在她偶爾還會使用雨鞋幫助屏東、台東度過旱期，使稻農收割正常，甚至協助消防救火。

除了氣象局局長、國小老師、同學知道這雙神奇的雨鞋外，沒有任何人知道林妹妹的祕密，直到有一天，林妹妹在辦公室遇到他。

「妹妹，來，跟你介紹新同事，高分考進我們氣象局的型男，李廣加。」

林妹妹正要起身握手，就在回頭的一瞬間，聽到她意料之外卻記憶深刻的名字，女同事介紹得興奮，但林妹妹卻驚訝得差點跌坐回椅子。

李廣加改變很多，但雙眼還是露著一絲刁鑽、桀驁的氣息，就跟以前他煽動班上同學時的眼神一樣，讓林妹妹感覺心寒；特別是林妹妹永遠記得有一次在國小老師帶領下前往水庫為大家穿雨鞋，當大雨降下來的那一刻，李廣加站在隊伍邊緣不屑、憤恨的表情。

「哇，林妹妹是你啊，你愈來愈漂亮了。」

「謝謝，歡迎你。」林妹妹不敢多聊，打過招呼馬上坐回椅子。

「我們是國小同學，她還是一樣害羞。」李廣加指著林妹妹向女同事說明，眼神隨著林妹妹坐下時，留意到她腳邊辦公桌下的紅色皮鞋，那正是林妹妹的雨鞋。

女同事像找到未來老公般興奮地挽著李廣加的手前往下個部門，林妹妹回頭看他們離開的背影，打了個哆嗦。

晚飯過後，林妹妹窩在電視前沙發上打給毛妹。

「甚麼？他是誰啊？」毛妹電話那頭好像二次世界大戰戰場，小孩打鬧的聲音讓林妹妹心情煩躁。

「李廣加，李廣加你忘了啊？」

「林宥嘉？你說那個唱歌的？」毛妹似乎也被兒子們吵得受不了，抱著話筒大喊：「你們兩個看要互砍還是一起從樓上跳下去，吵吵吵，要把這邊掀了才甘願是罷。」

「不是星光幫的林宥嘉。國小快畢業時，班上有個男的啊，記得麼？他一直說我奶奶是巫女，那個很會叫同學跟他一起……」

「哦，他喔，我都忘記他叫啥了，」話筒另一頭突然安靜，小孩一停止吵鬧，毛妹的聲音就像廣播器一樣大聲在耳邊炸開，「你說他去你公司上班？」

「對，不同部門，今天新人介紹，來我座位打招呼。」

「你覺得怎麼樣？」

「甚麼怎麼樣？」

「這個李廣加啊，會不會像以前在學校一樣，嶄露獨特的『領袖特質』？」毛妹故意把領袖特質四個字說得大聲，酸味十足。

林妹妹嗯了一聲，回想過去自國小到國中、高中、大學、研究所，個性溫和，完全不與同學衝突；每個求學階段，甚至畢業後到公司行號上班，身周人們對她的印象也是低調平淡，有些人恐怕在路上遇見林妹妹也不太能正確喊出她的名字，所以至今，林妹妹一直是個不特別好，也不曾使壞，沒甚麼特色的女孩，因此，更別說有人會對她惡言相向，李廣加恐怕是唯一曾對林妹妹言語攻擊的同學，那段記憶林妹妹怎麼可能忘記？

李廣加到職的第三個月，氣象局局長集合所有職員，宣布他通過試用期成為正式員工，同時也告訴大家今年雨量預估，雖然不至於像林妹妹國小時遇上的嚴重旱災，但比起去年，降雨量的確嚴重短缺。

「等等解散後大家持續追蹤華南雲系，另外林妹妹散會後到我辦公室，大家加油。」局長匆忙收拾桌面報表。

不用局長吩咐，林妹妹回座位喝水、放文件時便知道又是雨鞋出任務的時間。那雙奶奶送的雨鞋，一直放在身邊，紅色的蝴蝶結停在紅色的鞋尖上，桌腳旁的雨鞋好看極了。

林妹妹彎腰看著雨鞋，伸手輕輕撫摸，二十多年經過，雨鞋早已塞不下林妹妹日益增大的雙腳，但不可思議的是，即便如此，祇要林妹妹稍將雨鞋套進腳尖，不必整雙腳穿入，也能讓老天降雨。

祇是林妹妹沒想到這是自己最後一次撫摸這雙鞋。

局長辦公室沒有以往的輕鬆氣氛，老局長在這裏任職超過十年，是個幽默風趣的老好人，林妹妹以前有事來辦公室向局長報告，總是坐下後，先來杯老局長親手倒的熱咖啡，他就像疼愛子女的老爹，到他辦公室的人一定得喝他自豪的藍山咖啡，聽他扯一段電影講評，然後才談正事。

祇是這次林妹妹沒聞見藍山咖啡香，坐在辦公桌後的局長凝重焦慮地翻看桌上文件。

「報告，局長。」

「你來了啊，坐。」老局長頭也沒抬。

幾分鐘後，他像突然想起林妹妹早已等候許久，倏地抬起頭。

「等很久了罷，不好意思，有件大事要麻煩你。」

「局長請說。」

「你記不記得我們上周發布的氣象預報？」

「大致記得，您問哪一區的？」

「全台，大致是甚麼天氣，說來聽聽。」

「整體來說由晴轉陰雨，周末結束後，雲系南下將帶來雨量，解決近日乾燥的情況……」

「停，就是這邊，」老局長打斷林妹妹的話，眉頭深鎖盯看著她，好不嚇人，「將帶來雨量，林妹妹你知道詳細情形麼？」

林妹妹搖搖頭，一臉困惑。

「我們的氣象預報是錯的，錯的你懂麼？雲系並沒有南下，也不會下雨，我們這回捅大婁子了。」

老局長激動說完，跌坐回椅子上，目光呆滯。

「以前我們也有氣象預測偏差……」

「不一樣，這陣子雨量減少，影響農產，前天我們興高采烈向行政院報告天氣將轉陰雨，他們甚至安排總統周一下鄉，在雨中慰問農民，制止之前可能引發抗議的農民暴動啊，祇是，祇是他們……我們這份氣象預報是錯的。」

「局長別急，我們可以用那個。」

「你說雨鞋？」

林妹妹不明白局長為何如此生氣、焦躁，若祇是下雨，雨鞋絕對可以辦到。

「妹妹，你的雨鞋祇能在特定區域下雨，但現在的問題是全台灣啊。」

想著老局長激動緊張的神情，她覺得祇需跑幾個地方下下雨，其他漏掉的縣市隔天再處理，民眾應不會發現異狀，當然也不會想到「氣象預報失誤」而大驚小怪；況且老局長擔心間隔兩年多未曾使用雨鞋，無法如期給政府單位一個驚喜，根本多慮。

林妹妹想起國小時老師帶大家去水庫，她當著眾人穿上雨鞋的回憶。那雙鞋是林奶奶過世前給林妹妹的，穿了一定會下雨。

在局長面前，林妹妹拍胸脯保證：「局長別擔心，這件事包在我身上，你來杯藍山咖啡放鬆心情罷。」

就在她回到座位，想著自己能幸運擁有奶奶這雙雨鞋，並彎下身想看看它時，林妹妹大聲尖叫。

「鞋呢？」

桌腳祇有垃圾桶、翻起的塑膠地板，根本沒有繫著紅色蝴蝶結的紅色皮鞋，腳邊空空蕩蕩。

「奇怪！」驚訝自己放聲尖叫的林妹妹馬上壓低聲音，蹲下來尋找地面。

下班前，林妹妹找遍座位周遭，還是沒看到自己的雨鞋。它憑空消失了。

「你確定都找過了？有沒有可能根本沒放在辦公室？」毛妹在電話裏要她再確認一次。

「確定，我真的很確定，」林妹妹的聲音像快哭了，「回到家，我還翻遍了鞋櫃、櫥櫃，怎麼辦？」

「而且你還跟你們局長掛保證。我看你要不要周末前來我家，牽我家兩個小傢伙。」

「牽他們幹嘛？」

「跟他們一起從樓上往下跳啊！」毛妹爆出笑聲。

「毛妹，」林妹妹第一次這麼生氣，「都這個時候你還跟我說笑。」

「唉唉，開個玩笑舒緩一下嘛。雖然你把事情攬下來，局長也還不知道雨鞋不見，但我想，過兩天你好好跟他說，他會理解的，畢竟當初也不是你捅的婁子。」

周三這天晚上，林妹妹很晚才睡，在床上翻來翻去，最後抱著小時候與爸爸、奶奶的合照，一邊哭，一邊慢慢睡去，這回沒有奶奶敲她房門，也沒有爸爸來當她的將軍，他們早到了很遠的地方，與媽媽一起打理未來的新房子。

隔天上班，林妹妹又反覆檢查座位周圍，甚至其他人辦公桌下，但雨鞋就像大雨過後的豔陽高照，將雨中溼淋淋的街道曬得乾爽無痕。沒見過這雙鞋的人，肯定會覺得林妹妹的雨鞋祇是傳說，是毫無證明的存在，因為它現在憑空消失了，一點痕跡也沒有。

「林妹妹早安啊。」一個熟悉的聲音自背後傳來，累坐地上的林妹妹轉頭發現是最不想見到的人，李廣加。

「早。」

「怎麼坐地上？找東西啊？」一邊把視線撇開的同時，林妹妹注意到李廣加用帶著竊喜、嘲弄的語氣問話。

林妹妹沒回答。

「喔喔，在辦公室東西要收好，不要搞丟再來找，難哦。」

突然間，林妹妹有種比過去更強烈的厭惡感湧上心頭，她從來沒有這樣的感覺，就像得知對方的齷齪祕密，卻不能說出口或逃避，林妹妹突然作嘔，閃過腦海一瞬間的想法是：李廣加偷了鞋。

從李廣加帶頭罵林奶奶那件事之後，林妹妹與他完全沒有互動，直至畢業。平常林妹妹自然而然將他視做隱形人，沒去留意這個擅長煽動班上同學的男生，如今遇到雨鞋遺失的情況，林妹妹忽然想起畢業典禮上，全體唱校歌時李廣加的惡作劇。

當時她隱約聽到有男同學竊竊偷笑的騷動聲響，斜眼偷瞄李廣加的側影，看見他右手拉著前排女生的長辮子，像樂團指揮，隨著校歌手舞足蹈、比手畫腳，同學無不掩嘴偷笑。

在林妹妹的人生中，除了已經過世的爸爸、氣象局老局長，過去國小全班同學及老師，沒有其他人知道這雙神奇的雨鞋，所以，到氣象局上班的她，從來不會像其他人收藏寶物那樣，將雨鞋鎖在櫃中，或用盒子收藏，反而是大剌剌放在桌下，如同其他人會在辦公桌下擺放換穿的拖鞋、布鞋。

但就在李廣加到職後，雨鞋消失了。

如果不是他捉弄林妹妹，那會是誰？

「謝謝你的關心。」林妹妹冷冷丟下話，拍著褲子起身離開。

離開前眼角餘光又看見李廣加那種獐頭鼠目、不安好心的笑容。

「我覺得是他，一定是他。」林妹妹一回到座位就迫不及待打給毛妹。

「就憑他的笑容，你肯定？」毛妹像是用肩膀夾著話筒說話，聲音有點含糊，「蠟筆小新的笑容也很猥褻，怎麼不說是他拿的？」

「毛妹！」

「你喔，別疑神疑鬼，先想想怎麼跟你們局長說，這關過了再來慢慢找鞋子。」

下班後，毛妹趕來氣象局，拉著林妹妹要她陪去廟裏拜拜。林妹妹一邊聽毛妹胡扯甚麼要求神佛幫忙照顧兩個吵鬧的小傢伙，一邊心裏明白，毛妹其實是來陪她，同時帶她去廟裏走走，散散心。

行天宮到了下班時間更加人聲鼎沸，聽說這裏的關聖帝君專司生意、工作，也難怪上班族們下班直接來參拜。林妹妹擠過穿著西裝的人牆，在拜墊跪下雙手合十默禱。看著每個人虔誠參拜的神情，讓沒有特別宗教信仰的她也不禁對剛才許下的心願感到信心十足。

「也許廟中的神明會聽到我的心願，在周一總統下鄉時降雨。」

原本應該加班的周六，這幾個禮拜因辦公室整修宣告暫停，周五下班前林妹妹老實跟老局長說明雨鞋不見的事。老局長錯愕得說不出話來，癱在座位上搧著手要林妹妹離開，一手緊掐低頭緊鎖的眉頭，就像在說：「你下班罷，我來想辦法。」

林妹妹很不好受，這天她選擇不搭車慢慢走路回家。長久不下雨的都市街道塵土飛揚，車輛、房屋看上去都是灰濛濛的，就像被蒙上了一層白霧，那種除夕夜煙火點燃後才有的白霧，濃得如同打翻的鮮奶。

白霧？白煙？

在行人椅上坐下，林妹妹突然想起奶奶在她小時候變過的把戲，那時她哭得厲害，奶奶用會冒煙的石子逗她開心，騙她說那是會透露祕密的月亮石頭，其實在林妹妹求學後得知那祇不過是氫氧化鈉，而當時在杯中讓她瞠目結舌的氣體，就是氫氧化鈉遇水分解所產生的氫氣。

這個充滿危險性的化學反應要是一個不小心，分解時產生高熱的氫氧化鈉可能會灼傷奶奶與自己，難怪當時奶奶要她遠遠看著，不許靠近。

像迷路時，被人拍了肩膀，猛然回頭發現路就在轉身處；一瞬間林妹妹有了辦法，一個解決周一下雨問題的辦法。

她快步趕回家中，打電話給還在辦公室的老局長，再打給控制中心的同事，雖然以氫氧化鈉作為人造雨雨種的知識不是新聞，但卻是解決整個氣象局目前困境的最佳辦法。

隔天周日氣象局全體總動員，所有同仁上下一心準備周一人造雨，即便這是一項還得老天爺配合的大工程，但祇要天降毛毛細雨，氣象局就不至於被全國百姓看笑話，同時讓總統保住顏面。

由於這是林妹妹提出的點子，向來祇有工程人員能搭上飛機的人造雨任務，周一一大早，老局長要林妹妹一同感受一下雲端翱翔的滋味，這可是許多氣象局員工羨慕渴望的機會啊。

搭上人造雨直升機時，老局長向林妹妹神祕一笑，當然，林妹妹也回他一個神祕微笑，這是祇有他們才懂的祕密，關於降雨、關於雨鞋。雖然這次降雨並非靠著林妹妹的雨鞋，但搭上人造雨直升機的林妹妹，似乎象徵著祇要有她，降雨不用愁。

直升機捲動螺旋槳迅速攀升，老局長揮著手預祝任務順利，林妹妹仰頭看進湛藍無雲的天空，突然發現這是長大後第一次感到如此心安、踏實，這也是第一次離奶奶、爸爸、媽媽這麼近。

在直升機轟隆、轟隆、轟隆、轟隆、轟隆、轟隆打開機艙投放由氫氧化鈉製成的雨種時，林妹妹貼著直升機窗看著逐漸變大的雨勢哭了。

返回氣象局時同事們鼓掌歡迎，人造雨任務很成功，陪著總統的老局長在新聞中笑得很燦爛。林妹妹一邊看著辦公室反覆播放的新聞畫面，一邊想著也許從這一刻開始，她及氣象局再也不需要依賴雨鞋了，也許今天的人造雨會是個新的起點。

「林妹妹，厲害喔。」

李廣加刻意過來林妹妹的座位邊道賀，還是一樣的輕佻笑容，祇是林妹妹心中少了先前仇恨他的反感。就算是他偷走雨鞋，林妹妹此刻也不在意了。

「謝謝。」

「李廣加、林妹妹，你們怎麼還在這邊？」隔壁部門的女同事經過，「新的事務櫃做好了，大家都在搶好位置哩。」

「喔，我要上面的，上面的櫃子留給我。」李廣加嚷著離開。

林妹妹也跟了過去。新的事務櫃果然精緻美觀，在老舊建物格局的氣象辦公室中顯得突兀，新漆的油彩味嗆鼻，大夥兒一邊興奮翻看事務櫃，一邊摀著鼻子討論。

就在此時，一聲大叫震響辦公室。

「哇，這些是誰的鞋啊？」

男同事拉開最左下角的櫃門，十來雙鞋凌亂堆置其中，不少同事尖叫意外發現自己擺放在座位下遺忘已久的室內鞋、運動鞋、高跟鞋，還有林妹妹的雨鞋。

林妹妹張嘴凝視躺在鞋堆中的雨鞋，紅色的蝴蝶結停在紅色的鞋尖上，鞋櫃中那雙鞋子好看極了。

「喂，我說我要上面的櫃子，上面的。」李廣加的聲音從人群中傳來。

林妹妹噗哧笑了出來，眼淚順著眼角滑落，原來雨鞋根本不是李廣加拿走的，它在辦公室整修同時被收了起來，靜靜與其他人的鞋子躺在櫃中。

就像看到奶奶的微笑一樣，林妹妹一邊擦著眼淚，一邊捧著奶奶送她的鞋子回到座位上。林妹妹小心翼翼將雨鞋仔細擦拭乾淨，放入紙箱，封上膠帶，她知道是該讓雨鞋休息的時候了。

一陣風從窗邊吹進來，林妹妹給天空一個燦爛的笑容，因為她知道奶奶又給了她最美、最溫暖的笑。

AK00326

百耳袋

作　者——謝鑫佑
資深主編——謝鑫佑
校　對——謝鑫佑、吳如惠
企　劃——廖心瑜
資深企劃經理——何靜婷
封面插畫——蔡洪玥
美術設計——陳文德

董事長——趙政岷
出版者——時報文化出版企業股份有限公司
一〇八〇一九臺北市和平西路三段二四〇號四樓
發行專線——（〇二）二三〇六六八四二
讀者服務專線——〇八〇〇二三一七〇五　（〇二）二三〇四七一〇三
讀者服務傳真——（〇二）二三〇四六八五八
郵撥——一九三四四七二四時報文化出版公司
信箱——一〇八九九台北華江橋郵局第九九信箱

時報悅讀網——http://www.readingtimes.com.tw
文化線粉專——https://www.facebook.com/culturalcastle/
法律顧問——理律法律事務所　陳長文律師、李念祖律師
印刷——紘億印刷有限公司
初版一刷——二〇二一年七月二十三日
定價——新台幣四〇〇元
（缺頁或破損的書，請寄回更換）

時報文化出版公司成立於一九七五年，
並於一九九九年股票上櫃公開發行，於二〇〇八年脫離中時集團非屬旺中，
以「尊重智慧與創意的文化事業」為信念。

百耳袋／謝鑫佑著. -- 初版. -- 臺北市：時報文化出版企業股份有限公司，2021.07
面；公分.
ISBN 978-957-13-9156-4（平裝）

863.57　　110009895

ISBN 978-957-13-9156-4
Printed in Taiwan